がんが消えた

My Cancer Disappeared

ある自然治癒の記録

寺山 心一翁

Shin-ichiro Terayama

日本教文社

カバー装画……鯰江光二

がんが消えた——ある自然治癒の記録——●目次

妻　久美子へ捧げる

読者の皆様へのメッセージ

アリゾナ大学医学部教授
アンドルー・ワイル博士

私は寺山心一翁さんと一九八九年に初めて出会ってから、約二〇年近くにわたって親交を深めてきました。日本、アメリカ、インドを一緒に旅し、彼が末期のがんから眼をみはるような回復をとげたことについては、私の著書『癒す心、治る力―自発的治癒とはなにか―』（上野圭一訳、角川書店、原題『Spontaneous Healing』）に書かせていただきました。私にとって、彼はよき友人であると同時に、霊感を与えてくれる先生でもあるのです。また彼は、がんを患う人々をたくみに啓発し、自分を癒す責任は自分自身にあることを教えています。

がんの研究が飛躍的に進歩したにもかかわらず、その治療はまだまだ申し分のないものとは言えず、多くの深刻な副作用やクオリティ・オブ・ライフ（生活の質）の低下を引き起こしています。私たちは、タバコや他の毒性のある物質を避け、健康的な食事をとり、よい生活習慣をもつことが、がんを予防するのに非常によいということを知っています。しかし、かなり多くの人々は自ら間違ったライフスタイルを選んで、その結果、がんになる人が今もなお増え続けています。

寺山さんの物語は、がんをはじめとする重病に対して統合的に取り組むことが、どれほど大きな力を発揮するのかを示しています。彼は転移性の腎臓がんにかかり、通常の西洋医学的な医療と外科手術を受けましたが、死期が迫っていました。しかし死の直前に、彼は霊的な目覚めを体験し、ライフスタイルとパーソナリティとがすっかり変わってしまったのです。私はがんになる前の寺山さんを知りません。がんになる以前の彼の写真を見せてもらったことがありますが、その写真に写っている男性はまるで別人のようでした。

おそらく、寺山さんの癒しの過程で起こった最も驚くべき出来事は、自分自身ががんをつくったのだ、と彼が気づいたことでした。寺山さんによれば、がんは「我が子」なので、それを愛さなければならない、というのです。これは、ほとんどのがん患者が医師や家族や友人から言われる「がんという敵と戦わねばならない」というメッセージとは、まるで違っています。

私は『癒す心、治る力』の中で、寺山さんの話のこの部分をとくに強調しています。なぜなら、病いと戦うことをやめ、病いをふくめて人生や自分自身をまるごと受け入れた結果、重病から癒された患者さんたちを私は知っているからです。寺山さんは病いに苦しむ人々の相談に乗る際に、いつも次のようなメッセージを伝えています。「あなたは、自分自身を愛さねばなりません。もちろん、がんも含めて。これはとてもシンプルなことですが、実践するには勇気が必要です。私はこれが、だれもが持つ自然治癒力を解放する鍵だと信じています」

寺山さんの物語は、私たちの目を開かせてくれるものです。私はこの本が出版され、彼のメッセージがより多くの人々のもとに届けられることを心からうれしく思います。この本の中の最も大切な教えは、病いというものは、もっとも深刻な場合でさえ、あなた自身の変容と霊的な成長をもたらすきっかけであるということです。今日の寺山さんは、健康で、充実した人生を送り、エネルギーと智慧とユーモアに満ちあふれています。もし寺山さんが腎臓がんにならず、がんという病いとその治療に苦しむこともなく、自然とよりよく調和して生きるために人生のあり方すべてを変えることもなかったら、今の寺山さんはなかったでしょう。

もしあなたが健康なら、よりよい生き方をするために、この本に書かれているアドバイスを活用してください。もしあなたが病気にかかっているのなら、この本は、病いの体験を自分自身の成長のための貴重な機会とできるように、大いに励ましてくれるはずです。

アリゾナ州、ツーソンより

二〇〇六年八月

アンドルー・ワイル＝アリゾナ大学医学部教授、統合医学プログラム部部長。
訳者／土井麻里＝医師。ホメオパシー療法医。日本統合医療学会評議員。

プロローグ

私はガンだと知らされなかった

一九八五年六月も最後の日曜日の朝だった。

すでに梅雨に入ったのか、屋外はいやに蒸し暑く感じた。

早朝、日の出を見たときには少し晴れていた空も、時間の経過とともにどんより曇ってきて、部屋の中にも暑苦しさが充満しているように思えた。

私のからだに気遣ってか、家内の久美子はエアコンのスイッチを入れずにいた。

久美子はいつものように日曜日の朝食の片付けを終え、新聞に目を通しながら、やがて始まる政治討論会の番組にチャンネルを合わせようとしていた。

私が自宅で死を迎える気持ちで病院を退院してから三カ月余、いつしか日の出を見ることが私の日課のようになっていた。

真っ暗なうちにマンションの二階にある我が家から、八階の屋上にエレベーターで上がった。日の出を見た後はその頃には体力がついてきていたので、自分の足でゆっくりと非常階段を二階まで下りてきた。そして疲れたからだを休めるためにまた布団に入っていた。

この日も、四時半の日の出を見るために三時半には起き、日の出を拝んで部屋に戻った後は、いつものようにシャワーを浴び、布団の中でひと休みしてから朝食をとり、その後にまたひと寝入りした後だった。

実は一カ月前ぐらいから、一度は久美子に面と向かってきちんと訊ねてみたかったことがあった。

私の本当の病名のことだった。

一九八四年八月、右腎腫瘍という診断をうけ、その年の十二月四日に右腎臓の摘出手術をしたものの、その後の治療の様子から、ただ事ではないことは薄々感じていた。

手術が終わった後、一度は自分から

「ガンじゃないのか？」

と久美子に訊ねたことがあったが、

久美子から「ガンじゃないよ。腫瘍と先生が言っていたでしょう。違うわよ」と言われると、なんとなくそれ以上は問いただすことができなくなってしまっていた。

三月六日に病院から自宅に戻ったときには、間もなく死ぬだろうという気持ちが自分の心を押しつぶしそうだった。その後、日の出を毎日ながめるようになって、地平線に昇る太陽に手を合わせるとき、三人の子供たちの顔が目の前に現れてきて、この子供たちを残して死んでいくという想いに、いつもまぶたの奥は涙でいっぱいになっていた。


いままでの人生では任意保険に一度だけ入った。団体ガン保険だった。しかしあまりにも健康だったので、無駄だと思ってキャンセルをしてしまった。

病院から帰宅して数週間が経った。そのころには闘病生活ですっかりおとろえてしまった視力が徐々に回復し、ようやく文字が読めるようになっていたので、朝刊に目を通していたら、医師の診断書が要らないガンの生命保険があるというのが目に飛び込んだ。

早速新聞に載っていたA生命保険の会社に電話をして、申し込みしたい旨を伝えて電話を切った。少し後ろめたい気持ちがあったが、もしも死んだらお金が入るかもしれないという気持ちが働いた。現実にお金がなかったからだ。

数日後に書類が届いた。既往症の個所があったので、右腎腫瘍と書いて生命保険会社に送付した。

さらに数日が経て、保険会社の人から電話があった。その人は何か非常にあせった感じで質問をしてきた。右腎腫瘍のことについてもっと詳細を教えて欲しいとのことだった。

病気になったのがいつのことだったのか、そして私のかかった病院と担当の医師の名前を教えて欲しいとのことだった。私は正直に答えた。

その日の午後だった。保険会社の人からまた電話があった。

電話の声は上ずっていた。

「あなたはガン保険には加入できません」

「医師の診断書が不要と書いてあるのではないですか？　どうしてですか？」

「今のあなたの状態では、ガン保険の対象になりません」

「私は右腎腫瘍ですよ」

「今のあなたはガンと同じです」

保険会社の電話は、ガチャリという大きな音を立てて、とても冷たく切られた。

担当者のこのひと言が、胸に刺さった。そしてその言葉が心の中に大きく残った。

「ガンと同じです」

ひとつの俳句が心を変えた

六月に入り朝日新聞の「天声人語」の欄に紹介されていた俳句の一行が目に留まった。

「生きるだけ　生きよう　草萌ゆる」

私の大好きな種田山頭火の俳句だった。何度も声を出して読んでみた。何だかほっとして、涙が出てきた。

よく分からないが、この短い俳句の一言ひとことが、今の自分の状況に迫ってくるようで、心の底から生きようとする力を湧き上がらせ、自信と勇気を与えてくれた。

それからしばらくの間、自分の気持ちをそのまま表現してくれているかのようなこの俳句が、私が日の出を見るときに愛唱する言葉になっていった。

右の腎臓を一つ摘出した手術の後は長期間、右側の手と足がいつも冷たくて、また毎日の玄米菜食ではからだ全体がなかなか温かくならない感じだった。

「しばらくは右側の手と足が冷えますよ」

と医者から言われたことは本当だとわかった。

季節もだんだん暖かくなり、自分に生きる自信が出てきたときだったので、今日は久美子に思い切って面と向かって尋ねてみようと決心した。

久美子が朝の仕事を終えて、ゆったりとするまで時間を待った。

そして思い切って口を開こうとした。

しかしいざ尋ねようとすると、口のなかはカラカラに乾き、心がとても不安定になった。

ミネラルウォーターを飲んで口を湿らせ、決心すると、ようやく言葉が出た。

「ねえ」

これは私が長年、久美子の気持ちを自分のほうに注意を引くときのいつもの言葉だった。

久美子がこちらを向いたとき、気後れしたのか気がつまってしまったのか、一瞬目をそらしてしまい、次の言葉が続いて出てこなかった。

そして気を取り直して目線を戻してから、もう一度、

「ねえ」

と喉《のど》の奥から声を出した。

そして前から練りに練って考えていた言葉を、勇気を出して口にした。

「僕のこのガン、きっと治ると思うよ」

一瞬、二人の間に沈黙の時間が流れた。あたかも剣道でにらみ合っている、果し合いの試合のようでもあった。

「あなた、ガンだって知っていたの！」

そして、また暫く沈黙のあとで言った。

「あなた死なないでね」

久美子の声は少し涙ぐんでいた。

さらにしばらく考えて、言葉を選んで話を続けた。

「ね、ただ生きているだけでいいから」

また沈黙の時間が経過した後、久美子がふたたび口を開いた。

「本当に何にもしなくていいから」

心の内に何かグサリとささる強烈な力を感じた。

久美子のこの愛情のこもった言葉をとてもうれしく思った反面、このからだでは働けない自分をとても哀れに思った。そして仕方ないと思った。

当時の心境

小五の星、中三の憲、高三の亜古と三人の子供を抱えて、私たちは子供の教育に最もお金のかかる時期に差し掛かっていたときだったので、私は正直なところこの言葉にほっとした。

共働きの我が家では、家庭の出費に関して、それまで二人で折半することにしていたが、収入が無くなった現在の身では一切支払いができないという負い目があったし、日の出を見ながらも、太陽の中に子供たちの顔が浮かんできて、どうにもたまらない気持ちになっていたときだった。

久美子は私がこのような状態になってからおそらく毎日考えてきて、決心をしていたのだろう。

この深い心からの愛情に満ちた申し出の言葉の中には、限りない愛が滲《にじ》み出ていたようだった。

ひとたび緊張がほぐれると、後は自然と言葉が出てきたようだった。

久美子は本当のことを語りだした。

手術のあとの病理検査では、〝腫瘍〟は悪性、つまりガンであることが分かり、抗ガン剤の注射を二週間行なったこと。その副作用に私がとても強く反応を示して嘔吐《おうと》し続け、食事ものどを通らなくなり、髭までが数日後一晩で白くなって、やがて頭髪が抜け出していったことを話してくれた。

しかし言葉は少なく、十分に語ってはくれなかった。私が心配をして病気がもっと悪くなると思ったのであろう。

また、なによりも久美子の中には、よくぞここまで生きてきてくれたという気持ちがあったようだ。

病院を出て自宅に戻った時には、これで死を迎えることになるであろうと久美子は思っていたことを、後になって知った。

この日を境にして、私の中に何か自信に満ちた力が強まっていったのであった。

そして久美子の本棚に並んでいる、いままで手を触れたことのない医学に関する本を次々に読み出した。久美子は医療関係の仕事をしていた。

死に対する恐怖

そのころには死に対する恐怖が、だんだんと薄れはじめていた。日の出を迎えるときに唱えていた般若心経は、ある日を境に、いつのまにか宮沢賢治の「雨ニモマケズ」に変わっていた。

しかし、たとえ宮沢賢治の「雨ニモマケズ」の中に、

「南ニ死ニサウナ人アレバ　行ッテコハガラナクテモイ、トイヒ」

と書いてあるのを毎日唱えているとはいえ、まだまだ「死に神」を目の前にしたら、きっと後を付いていくような気持ちだった。


この日の久美子の話から、「やっぱり、そうだったのか」という気持ちが後に残った。そしてこの日は「家族全員のために、きっとよくなって見せよう」と心に誓った日でもあった。


話の後、とても疲れてしまった。

布団の中にもぐり、とめどなく流れていく涙をしばらく止めることができずにいた。真実を知ったことが自分の中にどれほど大きな変化をもたらしただろう。しかし、医学の本を読めば読むほど、現代の西洋医学では、ガンに対する治療方法には決め手を欠くという現実に直面して、自分のおかれている状況が、回復する可能性の極めて少ない、難しい状況であることを悟った。

そして「今、まだ生きている」という現実に、すべてを託そうという気持ちになった。感じる力が高まっていったのであろうか。このころには、徐々によくなっているように、

からだ全体で感じていたことを覚えている。

医師から毎月必ず検査に来るようにと言われていたが、自分のからだのことには自分で責任を取ろうという気持ちが増していたときでもあり、また、検査でお金もかかり、病院を訪れた後はとても疲れて必ず寝込んでしまったので、検査のために病院に行く期間をできるだけ延ばすことにした。

そして、何度も検査をすることが〝本当に必要なのか〟ということにも疑問をもった。

また、ＣＴのような放射線を使用する検査をすると、その後に深い疲労感におそわれ、せっかくよくなっていた体調が悪くなることをはっきり感じていた。

私なりに病院に行くと疲れる理由が、いろいろなことから分かった後は、病院を訪れた後には必ず近くの神社にお参りをして、自宅に帰ったときには、玄関に用意していた塩をからだに振りかけて家に入るようにした。病院では何かが憑依《ひょうい》するようなことが起こるということに気がついたからだった。

医師から検査結果の説明を受けた内容は、久美子には必要以上に心配をさせたくないという気持ちから、おおむね良いという報告をすることを極力心がけた。マイナスになるような表現は日記に書くだけにして、私はガンが治癒する最後までそのことを押し通した。その判断はすべて正しかった。

第１章　がんとの出会い

がんになった理由

一九八一年にコンピューター・システムの導入を、企業に指導することを専門とした経営コンサルタントとして独立して以来、仕事は多忙を極めていた。企業の競争力はコンピューターの導入にかかっているという時代への移り変わりが始まりつつあった頃で、コンピューターの導入を急ぐ会社からの注文が次から次へと入り、土曜、日曜日はまったく無くなり、さらに、事務所を自宅の隣の部屋から新宿区の神楽坂に移動してからは、忙しさはますます激しくなった。

時間節約のためにまずおこなったことは、睡眠時間を少しずつ切っていくことであった。やがて、家へも帰らない日々が増えていった。

しかし、運動不足の解消として、毎週土曜日の午後には渋谷のヨガ教室に通っていた。若いヨガの先生は、たびたびインドに出かけて学んでは、私たち生徒に教えていた。先生は私のからだが疲労していることがすごく気になっていたようだった。教室を終えた後、先生を交えて軽く一杯アルコールを飲む席で、ある日、先生が私に親切に言ってくれた。

「あなたのオーラがあまりよくありませんよ。また、チャクラも閉じています。気をつけられたほうがいいです」

物理を学び、最新の物理学を駆使して半導体素子の開発をし、やがてコンピューター本体の開発にも手を染めた科学者であり技術者でもあった私には、とても受け入れられる言葉ではなかった。「見えないもの・感じないもの」に対する嫌悪感もあった。

しかし、後になってそれが本当のことだったと分かった時は、恥ずかしさと同時に、ヨガの先生への感謝の気持ちでいっぱいになった。

当時の私の生活は、タバコは吸わないまでも、コーヒーを一日一〇杯から二〇杯ぐらい飲み、カフェインを摂取することで睡魔と闘っていた。食事はできるだけ満腹感があるようなご飯や野菜を避け、肉やうなぎを常食としていた。便秘がひどく、また、痔に悩まされていたので、排便にはいつも大変苦労した。

気がついたときには、肩があまりにもひどく凝《こ》っていた。指圧とサウナにだけはよく通ったが、すぐまた同じような凝った症状に戻ってしまった。

とても疲れる日々が毎日のように続いていたにもかかわらず、顧客の要望に一生懸命こたえるために、自分の骨身を削って仕事に向かっていった。だが能率は決して良くはなかった。

朝五時から八時が経営者のための指導、相談。九時から十二時が企業に出向き社内の指導。午後一時半から四時半までが企業の社内の分析とレポート作成。夜六時から九時が幹部社員のための研修会というのが、毎日のスケジュールであった。終わると事務所に戻り、その日の出来事のまとめとチェックをして、翌日のための資料作成を夜中までおこなって頑張った。

病気の始まりを自覚

一九八三年春、はじめは風邪のような状態から、やがて四〇度以上の高熱が続き、一週間以上を布団の中で過ごした。これが自分にとって最初のがんの予兆だったような気がする。

近くのクリニックを訪れ、抗生物質の注射をしてもらい、解熱剤を服用することでようやく高熱が治まってから、以前に約束しながらも訪問することができなかった顧問先に、よろよろと這《は》うようにして行っては謝ったりしていた。

どうしても体調がいまひとつすぐれなかった。再び近くのクリニックの医師を訪れて病状を説明したところ、通常のチェックでは異常が見つからないので、その医師は私に大きな病院で検査をしてもらうことを勧めた。

大きな大学病院であるK病院に医師をしている知人がいたので、その人の紹介で診察を受けた。

一週間後の結果では、何の異常も発見されなかった。

その頃私は、自分の仕事以外に、大阪で出会ったオーケストラ指揮者のU氏と親しく付き合うようになっていた。毎日の生活の中で音楽に飢えた自分がおり、生の音の素晴しさに魅了されて、いつのまにかU氏の個人マネージャーのようなことをボランティアで始めていた。コンサートの仕込みに始まり、夜遅くまでかかって終了し、すべての整理をしてから、自宅に帰るのは午前二時を回っていることが多かった。そして、翌日はまた朝五時からの仕事に精を出さざるを得ないという状況が続き、だんだんと私のからだは蝕まれていったのだろう。

しかし、自分の体調がすぐれないことをU氏に告げると、あたかも私が嘘をついているかのような扱いで、ほかの大きな病院で診察を受けて確認をとることを求めた。

私はその意向に従うことにして、いくつかの大学病院でさらに診察をしてもらった。

だが、結果はいつも「異常なし」だった。

何か私が仮病の毎日を送っているかのようだったが、体調は依然としてすぐれず、その時には何かがおかしいと明らかに感じていた。

血尿が出た

年が明けて一九八四年二月初旬の早朝、血尿が出た。便器いっぱいに真っ赤な血で染まったのを見た時には、背筋に何か走るものを感じた。もしもひと言でも久美子にこのことを言うととても心配すると思ったので、何も伝えなかった。

その後この出血は、二十八日から二十九日に一度の間隔で続いていった。そして血尿の中に糸くずのようなものまで混じりだした。

私は一九六六年製のフォルクスワーゲン・ビートルをすでに二〇年間乗っていた。六ボルト仕様の最後のタイプであった。冬の寒いときには、通常のゆっくりした走行をしているとバッテリーに充分な充電ができなくて、交差点で一時停止をしていると、よくエンジンがストップすることがあった。三〇万キロ近く乗ってもたいした故障もなく走ってくれたこの車に、私はとても愛着をもって乗り回していた。

ある日、不思議なことに気がついた。

走行中にブレーキをかけると、それに伴って自分のからだにえもいわれぬ不快感が走った。今振り返ってみると、これはがんが次第に大きくなりつつあった腎臓からのサインだったのかもしれない。

右の腎臓がだんだん腫れてきて、ブレーキを踏むことにより内臓が遅れて動き、腹腔に圧迫を与えていたのだろうか。それは私が今まで感じたこともない、不可思議な不快感だった。

このころは、特にセックスの後に腎臓近辺に奇妙な痛みを感じ、終わったあとは大変疲れ、いつもすぐに眠ってしまったので、あまり深く気に止めて確認をしようとすることもしなかった。また、その余裕すらなかった。

私の仕事は、ひとつの会社がコンピューターの導入を契約したとき、新しいコンピューター・システムを導入することで発生する、すべての事柄を指導することであった。まず、契約したときの提案書に基づいて納品されているかを確認し、一方ではコンピューター・システムを構築する作業の流れを見て問題が無いかをチェックしていく。ユーザーである会社のトップに確実な説明をして了解と確認を取りながら進めるとともに、コンピューター化したときに社内へスムーズな導入ができるよう、各部門を順次教育し、また社内で効果的にシステムが活用できるように指導した。

私のシステム・スーパーバイザーという仕事上の立場は、システムのソフトウェアを作成する会社と、ユーザーであるコンピューター・システムを導入する会社の間に立って、コミュニケーションを上手く図り、すべての仕事が流れるように采配を振るうことで、システム導入の中心になって全体がうまくいくようにすべてを見ながら動かすことだった。導入が失敗しないように、大変な責任を負っていた。そのため精神を集中する作業が毎日のごとく深夜まで続いた。

とうとう充分な睡眠をとっても疲労が取れなくなった。朝起きたとき、今日も仕事をなんとか続けることができますようにと祈ったことが何度もあった。

八月に入り、体調はますます悪化の道をたどり始めた。懇意にしている指圧師には特別に三日に一度は指圧をしてもらっていた。指圧を受けなければ、とても仕事が続けられそうにもなかったからである。

初めての触診

久しぶりに、近くの総合病院の内科を受診した。

受付の締め切り時間である午前十一時直前だった。私がその日最後の患者だった。

やがて午後三時過ぎに診察室に呼ばれた。若くてとても親切そうな医師が私にこう言った。

「今日はあなたが最後だから、ゆっくりと診ることができますね」

私は初めてゆったりとした雰囲気を与えられたので、この数カ月間に感じたことや血尿のことを語った。

医師はそのことを聞いているうちに、なにか大変驚き、

「ベッドの上に上向きになって、お腹を出して寝てみてください」

と、親切だが威圧的に言った。

言われるままに私は上着を脱いでベッドに上向きに寝て、ズボンを下げてお腹を見せた。この一年間どの病院でも、一度もこのようなことはなかった。医師はからだのあちこちを触っていった。初めての触診だった。昔ながらの医師の手法を初めて感じた。

医師の手がからだの裏側の腎臓のところを触ったとたん、彼の表情が変わった。

「ちょっと超音波で見てみましょう」と促され、私は洋服を脱いでお腹を出したままの姿でベッドから立ち上がり、隣の超音波診断装置のある部屋へ入っていった。

「下向きに寝て下さい」

医師はグリセリン状の潤滑剤を診断器具の先端に塗り、先ほど手で硬いと感じていた右の腎臓部分に、その器具を動かして触っていたときに、突然声をあげた。

「ちょっと！　この状態は僕には診断しかねるので、しばらく待ってもらえますか」

と言うなりすぐさま部屋を出ていった。専門の泌尿器科の医師のポケットベルに連絡したようだった。

まもなく泌尿器科の医師が飛んできた。医師は、

「これはひどいぞ、腎腫瘍だ。入院して直ちに手術だな」

いきなり内科の医師にそう言った泌尿器科の医師の声を漏れ聞いた。

まもなく内科の医師が私に向かって入院の必要があることを告げ、担当が泌尿器科にかわることを聞いた。いままで大きな病気をしたことのない私は大変驚き困ってしまった。

仕事が多忙な上、さらに携帯コンピューター振興協会でのポケットコンピューター検定試験の問題作成や、「日経コンピュータ」からの依頼原稿を書かなければならなかったので、入院して手術をする必要があるという内科の医師の提案を素直に聞き入れることができなかった。

「先生、今すごく仕事がいっぱいなんです。とりあえず、今日は帰らせてください」

私の顔をみていた二人の医師は、私の発言自体をすごく心配してくれた。

「できるだけ早く、ちゃんとした診断をしたほうがいいと思うよ」

と口をそろえて言った。そして、

「次回からは内科の診断ではなく、科を泌尿器科に移して私が担当しておこないますよ」

と確認するように、しかも急を要することをいった。

帰宅してから、病院でこの日に起こった出来事を久美子に語った。

詳細を語ると心配すると思ったので、腎臓にデキモノができているらしいというぐらいの表現をして、

「元気だから大丈夫だよ」

と心配をかけないようなことだけを言った。それからほぼ二カ月間、死に物狂いで仕事に取り組み、新しい仕事は請け負わないようにした。仕事を請《う》けても体力が続かないと思ったからである。そして時によると手術を受けるために、入院することになるかもしれないという予感がしたからである。誰にもこの予感は話さなかった。

入院させられる

十一月に入ってから、尿がひどく泡だってきていることに気がついた。コップに尿を取って眺めてみると、明らかにひどく濁っていることもわかった。

私が毎日疲労困憊《こんぱい》しているのを見て、久美子は心配でしょうがなかったようである。何度も病院に行くことを勧めてくれたが、私はかたくなに拒みつづけた。

そしてとうとう二日間、熱を出して寝込んでしまった。久美子は仕事を休んでくれて、

「今日は一緒に行ってあげるから、病院に行こうね」

と言ってくれた。

当時久美子は、医師からの直接の電話で、ある程度聞いていたのだろうと私は推測した。私と一緒に病院に行くときには、入院のための寝巻きから洗面用具にいたるまであらゆる準備をすでに整えていた。

診察の順番がまわってきて、久美子も私に付き添って診察室に入った。

泌尿器科の科長であるT医師は私に、

「入院して調べましょうね」

と言って、何もしないで入院がその場で決まった。不思議な感覚だった。

看護婦に連れられて病室に入った。寝巻きに着替えてベッドに入り独りになったときに、自分がとてもみすぼらしく思えた。何か強引に入院させられたという気持ちになり、窓の外を見ながら、まるで檻に閉じ込められた猛獣のようだと思った。私はすべての自由を取りあげられたような悲しみに陥った。そして本当の病人となった。

病室のどんよりとした重い雰囲気は、私をますます不快にした。

さっきまで洋服を着て外を歩いていた人間が、このベッドに入った途端に、活動することを止めなくてはならないのだろうか。私は不満が爆発しそうだった。

自分の周りを見ると、電話はなし。ポケットベルも持参していない不自由さに初めて気がついた。

関係先にはとりあえず検査入院をするということを伝えてあったので、驚いた人たちが早速病院に顔を出してくれた。そして、いつも私の大好きな和菓子を持参してくれた。

ひとたび出歩くという活動をストップしてしまった私のからだは、食べるということに急速に意欲を失っていった。

コーヒーも飲めない。おいしいうなぎ屋にも行けない。厚いステーキの肉を食べに行くこともできない。病院側がすべてに関して私に禁止命令を下したのだった。仕方ないというあきらめの気持ちよりも、私は憤慨して爆発寸前だった。

一夜が明けて、翌日から検査が始まった。血液検査、尿検査をはじめとする検査の後に、X線による精密検査が続いた。病院の中のどんよりとした空気の中を、寝巻きの上にガウンを着けたからだで歩く自分の姿は、私をひどく滅入らせた。

X線検査の後、T医師は私に、

「右側の腎臓に腫瘍ができているよ。できるだけ早く、手術で摘出しちゃいましょう」と告げた。

私には、「摘出」という文字が何かを失うという響きに聞こえて、

「先生、悪いところだけ取るということはできませんか?」

「いや、それはできない」

「じゃあ、全部取るんですか?」

「いや、腎臓は二つあるから、一つ取っても問題ないよ」

私には素直に受け入れられなかった。

「先生、手術の後はどのくらいで退院できるのですか? 実は、三月上旬に中国へ行くスケジュールが進んでいます、ぜひ、これには行きたいんですけど」

「まあ、手術は簡単だよ。十二月末には家に帰れるから」

それでも、私には摘出という名のついた手術で、右の腎臓を失うことに疑問を持った。

手術承諾書の意味するところ

やがて婦長が手術承諾書という文書を持って来て、

「先生から聞いていると思いますけれど、これに署名したうえで捺印してお返しください」

といって、文書を枕元においていった。

婦長が帰ったあとでその文章に目を通してみた。

一つの法律上の文書であった。その中には「手術上でいかなることが発生しようとも、病院側を訴えません」という趣旨の文が書かれていた。仕事柄、法的な文書には鋭い注意を払っていた私は、病院側に常に勝算のある一方的な文書に強い不満を持った。患者を見下し、患者の気持ちを無視した、患者にはいかなるときも訴えることができないという立場の法律が存在していることを知った。

私はいたく憤慨して、決断しないまま数日間放置した。婦長が催促に来た。私は、

「後で書きます」

と返事をして、そのあともう一度読み直して、契約書と同じその内容の承諾書に、「病院側を訴えることができます」と書き直して、訂正印を捺《お》して婦長に手渡した。

変更された手術承諾書を看護婦に渡した。やがてそれを見た婦長が、怒りいっぱいの顔色

をして私のところに来て、

「もう一度紙を差し上げますから、こちらにちゃんと署名と捺印をしてください」

と言ったが、承諾できなかった私は、再び同じ行動に出た。

翌日、T医師は私のところに現れて、

「早く手術をしないと、右の腎臓の腫瘍がからだ全体に広がっちゃうよ」

と脅迫的に言った。私は、

「先生、もう少し調べる方法はないですか」と食い下がった。

腎臓を一つ丸ごと失うのが、とてももったいないと思ったからである。

「じゃあ、違う方法で検査をしようか。ちょっとその検査は大変なので、検査をするX線装置のある場所を確認して後で連絡するから、そうしましょう」

と言い置いて、私をにらみ付けるように見て、私に次におこることの状況と理由を説明して病室を出ていった。

まもなく「数日後にX線透視装置のある部屋の予約が取れた」という連絡があった。まず右の大腿部の動脈からカテーテルを入れて、腎臓のところまでずーっと延ばして挿入し、そこから造影剤を右の腎臓の入り口のところに流して、X線の画像を観察する方法だった。そして、

「その造影剤が腎臓のどの血管まで通っていくかを、X線の画像を見ながら説明ができると

思うよ。ただ動脈からカテーテルを入れるので、傷口がふさがらないと大変なことになるから、検査の後は一日間の完全な絶対安静にしてもらうようになるので、それだけ最初に言っておくからね」

それは私の予想をはるかに越えた検査だった。

さてその日がきた。私はX線装置のある検査室のベッドに横にされ、映し出された画像を眺めていた。

前もって説明されていた通りのことが始まり、やがて造影剤が右の鼠径部《そけいぶ》の動脈から入れられたカテーテルから腎臓に流れた瞬間、からだが火照《ほて》る感覚が全身に走った。X線室にあるモニター画面に映っている画像が、検査台に横になっている私に見えるようになっていた。T医師がX線室の外側の部屋から大きな声で、

「見てごらん、見てごらん、右の腎臓のところは、入り口で血流がすでに流れなくなってしまっているのが見える？　右の腎臓が腫瘍に冒されているんだ」

「先生、そうですね。わかりました。ありがとうございました」

と意外にも素直に私は納得をしてしまった。

私のからだはそっとストレッチャーに乗せられて病室に戻された。

ベッドの上で、本当に身動きひとつできない絶対安静の一日が過ぎた。

後日婦長が手術承諾書を持ってきた。私は同じように訂正して、署名捺印をした。

夕方、久美子がいつものように仕事の帰りに立ち寄ってくれたとき、久美子から、

「あの状態だと手術できないいんだって。もう、つべこべ言わずに一切お任せしたら？　病院は決して悪いことはしないいんだから。ただ念のためにあのような文章になっているだけなんだから」とうながされ、四度目の手術承諾書の記入に私は仕方なく折れて、はじめて訂正をしないで署名捺印をした。その後このことで、私は病院に対する深い敗北感に悩まされた。

摘出手術

手術日は十二月四日だった。前日の夜から食事をしないで水だけをとった。

手術は朝の十時からスタートした。

最初に病室で注射をされた。看護婦が精神安定剤のようなものだと言った。気分が何か落ち着いてきたように感じた。しばらくしてストレッチャーが運ばれて来てそれに乗り手術室に向った。手術室の入り口まで久美子が付き添ってきてくれて、

「大丈夫だから、安心して手術を受けてきてね」

と言って、しっかりと私の手を握ってくれた。お互いに連帯感を確かめ合う行為だった。

しかしこの場に及んで手術を受けるのが嫌な気持ちだった。人間の心理とは、なんとも不可解なことである。

手術室に入り、まず麻酔の注射が始まる前に、麻酔をかけるガスを嗅がされた。深く心が落ち着いてきて、一瞬気を失うような感覚を覚えた。

やがて麻酔医の、

「これから麻酔の注射をしていきます」

という事務的な声がしてから、麻酔の注射が始まった。記憶が次第にボーッとしてきて、麻酔医が私に何かを尋ねたが、返事をしたような感覚はなく、それから後のことは何一つ記憶がなかった。


目が覚めたとき、枕元には久美子が付き添ってくれていた。夜も更け、時間をぼんやりと尋ねると、十一時過ぎだった。

久美子がにっこり笑って、

「がんばったのね。手術は無事終わったよ。七時間もかかったんだから。だけど悪いところは全部取ってくれたから、もう大丈夫だよ」

集中治療室で目を覚ました私は、そこにどれほどの時間いたのかという感覚すらもわからなかった。ただ朝の十時に手術室に入ってから、ずいぶんと長い時間が経過していたような感覚だけだった。現実には一三時間以上が経過していた。

久美子がこの時間を手術室の外にいて終わるまで待ち、集中治療室に運ばれてからもずっと一緒にいてくれたのであった。

その夜、久美子は自宅に帰らず、この集中治療室の簡易ベッドで一晩中私に付き添ってくれた。夜中に痛みが増してきて痛みを訴えたら、看護婦に連絡をして痛み止めの注射を頼み、私が深い眠りに落ちていくのをじっと待っていてくれた。

麻酔が効いている状態では、排尿すら自分でできなかった。尿道口から膀胱にカテーテルが差し込まれていて、ベッドの下に置かれた排尿瓶のほうに流れていく仕組みだった。

翌朝、尿の検査に来たT医師がその尿の状態を見て、

「だんだんときれいになるからね、大丈夫、心配しないで」

といっただけで、さっと部屋を出て行った。

その後は看護婦が私の尿の始末をしたり、痛みが襲ってきたときに、痛み止めの注射をしてくれた。また右腎臓の手術のあとの消毒処置、抗生物質の注射をして手術後の化膿防止をする処置が毎日続いた。

尿がだんだんきれいになっていくのを見て、私は驚いた。手術の前に入院してから、排尿後の尿を瓶に取るように言われ、毎日見ていたので、尿が澄んでくるという現象を目の当たりにして、「今の医学はすごいな」と感心した。手術の後三日間をICU（集中治療室）で

過ごし、以前の病室に戻された。

恩師のお見舞い

その夜、面会時間のほぼ終わる午後八時直前になって、恩師の早稲田大学理工学部電気工学科の木俣守彦教授が見舞いに来てくれた。年度末の学生の指導で多忙の中だったと思った。大きな一輪のばらの花を持ってきてくれた。カーテンの裾からちょっと覗《のぞ》いて見て、

「ヤー元気そうだね。大丈夫だ」

とそれだけ言ってバラの花を花瓶に挿して、一〇数秒後にはさっと消えていった。患者に一切の負担をかけない大変すばらしい気配りのお見舞いだった。私はとてもうれしかった。

翌日からが大変だった。毎日たくさんの方々が見舞いに訪れた。皆さんは同じような質問をしてはできるだけ長い時間いて、次の人が来ると「早くよくなってください」と「さよなら」を言って帰っていった。

とてもうれしかったが、私は人に会うということがとても疲れた。気を遣ったからだろう。

医師への質問

私がそれまで持っていたこの病気に対する知識は、「腫瘍には悪性と良性がある」といっ

た程度のことだったので、T医師の朝の回診のときに、その範囲で質問を試みた。

「先生、私の腫瘍は悪性だったのですか、良性だったのですか？」

先生は、どのような回答をしようかと一瞬困った顔をしたものの、

「うん、それはねぇ。悪性と良性の中間だったよ。手術できてよかったね」

と言ってくれた。なんだか分かったような、分からないような妙な気持ちだった。しかし、それで自分なりに納得してしまった。

手術後の注射

手術後一週間ぐらいたってようやく、歩いてよいという許可が下りた。看護婦に手伝ってもらい、ベッドからおりて立ってみた。そして歩いてみた。地に足がつかないで浮いているような感じだった。

病室からトイレまで自力で歩いて行けた時は、まさに雲の上を歩いているような感じだった。しかし、からだがやけに重く感じられた。

ベッドの下においてある蓄尿瓶の中の尿をみると、本当にきれいになっていた。私は、間もなく退院できるであろうと期待して喜んだ。

しかし、事態はそうではなかったようだった。

二週間ぐらいが過ぎてから、T医師は私に言った。

「できものがほかに移らないようにするために、予防のため注射をしましょう。これはやっておくと安全だからね。ちょっときつい薬なんだけど、月曜から金曜日まで毎日行ない、二日間休んで、合計で二週間続けましょう」

それだけの前置きで、次の週から注射が点滴で行なわれた。寝ている状態の私には、その注射液が何であるか分からなかったが、悪くはしないのだろうという擦り込みをされていたことと、それほど深い注意力もなかったせいか、あまり詮索することもしなかった。


点滴による注射が月曜日の朝から始まった。小一時間はかかる注射だった。

通常の注射は看護婦によってなされたが、この注射だけはT医師が直接行なった。

一日目は、何事もおこらなかった。

二日目の朝の回診のときに、私は、

「先生、あの薬は何も副作用はなかったですよ」

「そう？　まあ、続けていきましょうよ」

といって、二日目の点滴が終わった。また何事も起こらなかった。

三日目の注射が終わってから一時間ほど過ぎて、突然ムカムカと気分が悪くなり、たまらなくなってトイレに行き、胃の中にたまっていた食物をすべて吐いてしまった。朝食に食べたものをすべて吐いてしまって、何かとても無駄をしてしまった感じが後に残った。吐いたあとだったので、昼食は全然のどを通らなかった。夕食の時も食欲がなく、ほとんど食事には手をつけなかった。

翌朝の木曜日だった。トイレに行ったときに、鏡に映された私の顔を見たとき、無精ひげが真っ白になっていたのがすぐに分かった。

「おお、きれいだな」

と、そのときは思った。

木曜日の点滴をした後も、朝食に何も食べていないのにもかかわらず胃袋はまた嘔吐をしようとして、苦い胃液が出てきて苦しんだ。

お昼になっても食欲が湧かず、食事がぜんぜん喉を通らなかった。

午後になって看護婦が、

「何も食べられないようじゃからだが干からびてしまうから、点滴をしましょうね」

といって、栄養剤を腕の静脈から注射で入れてくれた。なにかとても有難かった。

吐き気はますます強くなっていった。食事もしていないのに吐き気を感じるこの薬について、大きな疑問が私の心に湧いてきた。金曜日の朝の回診のときに、T医師に尋ねた。

「先生、この薬、やめられませんか?」

T医師はぎょろりと一瞬、私をにらみつけるように見ると、

「これは大事なんだ。土日を休んだら、そのつらい気持ちはいっぺんになくなるから」

「先生、この薬の名前は、何というんですか?」

「君は神経質だね。そんなこと知らなくていいんだよ。悪いようにはしないから」

そして最初の週の注射が終了した。

その日だるい気持ちと吐き気は一層つのっていった。午後になって看護婦が来たときに、

「あの注射の名前は何と言うのですか?」といったら、

「先生に訊いてくださいよ、私たちにはその権限がないんですから」

仕方なく半分あきらめかけた。しかし、なんとしても知りたいと思って、担当で私に付き添ってくれていた看護学校の生徒さんに聞くことにした。

「ねえ、黙って僕のカルテを見て来て！　注射液の名前を紙に書いて、僕にもらえますか?

僕は日記を書いているんです。誰にも言わないようにしますから」

学生さんはにっこりうなずいて、やがて小さな紙に書いたメモを持って私のところに現れた。人差し指を口元にもっていって、秘密を守ってという気持ちをこめて置いていった。それには、シスプラチンと英語で書いてあった。

土曜日は一日何も注射をしなかったので、T医師の言うとおりにだるさと吐き気が急速に

治まった。

「やっぱりあの注射が原因だったのか」

と私は気がついた。

日曜日の朝は、久しぶりにすっきりしていた。あの吐き気がまったく無かったのである。数日ぶりにご飯が食べられた。

私の友人が薬科大学で教えていた。日曜日の朝だったので彼に電話をしてみた。そして私の病状の話をして、シスプラチンが投与されていることが何を意味するかを尋ねた。

電話の向こうでは、彼は私の質問に正直に答えるのをためらっていた感じがした。そしてやおら彼は答えてくれた。

「うーん、それはナー、コウアクセイイシュヨウチリョウザイノイッシュデ、一般的にとてもよく使われているんだけど」

手術後の私は頭の回転が悪かったのか、この抗悪性腫瘍治療剤の意味がよく分からなかった。私の手帳には、片仮名で「コウアクセイイシュヨウチリョウザイ」と書き込んだ。本当に未知の言葉だった。いわゆるこれが抗がん剤だったのである。私にとっては、悪性腫瘍とがんが同じことを意味することすら知らなかった。私の頭のなかにあったのは、右腎腫瘍という病名だけだった。そして、自分ががんであることには思い至らなかった。

翌週月曜日から、また、例の注射が始まった。そして、月曜日からもうすぐに注射のあとは吐き気が始まり、食べるものをすべて吐いてしまったのである。

火曜日ごろから、頭髪が抜け始めた。吐き気の続いている中で頭髪が抜けるということについて、なんだろうという疑問すらも心には湧《わ》き起こってこなかった。もともと頭頂部に頭髪のない私にとっては、本来は大変深刻な問題にもかかわらず、毛が抜けていくという感触がその時点ではあまり重大に感じなかった。今振り返ってみると、現代の抗がん剤はこのようにしてからだを傷め、感じる力を低下させる「元凶」になっていないだろうかと、思えるのである。

抗がん剤を断る

つらかった水曜日を過ぎて木曜日の朝起きたときに、枕の上に頭髪が束になって落ちているのを見て、すごいショックが私を襲った。残っていた頭髪を握って抜いてみると、容易に抜けてくることが分かった。毛根のしっかりしているものはそのまま残っていたが、毛根の小さなものは、どんどん抜けていった。注射を始めて二週間が終わった時点で、頭はハゲチョロケの様相を示していた。同時に体力は低下してしまい、歩くのもきつく、味覚も異常をきたし、食欲が著しく低下していった。

「先生、もうこの注射は二度としたくありません」

二週間の注射が終了してから、私はT医師に素直な気持ちを伝えた。

そして、頭髪が抜けてくるまでの期間が、どれほど苦しくて、毎日が切なかったかを訴えた。医師は、

「本来は、少し体力が回復してからこの注射をもう一度したい気持ちだったが、あなたがそういうのなら、この注射をするのはもうやめましょう。それでいいですね」

と私に念を押した。まるで治らなくていいですねと念を押すかのようだった。

「しばらく様子を見ましょう」

「先生、退院日は年末、いつですか？」

医師は返答に困っていたが、

「うん、正月には家に帰してあげるから」

とだけ言って、私のベッドを離れた。私にはその意味がよく理解できなかったが、そのときには、右の腎臓だけでなくその周辺にもがんが広がっていたようであった。しかし、久美子を始め家族のものは誰一人、私には正確な情報を伝えてくれなかった。ただ、

「だんだん良くなるよ、しっかりしてね、頑張ってね」

というのがいつも久美子の口癖だった。

実は久美子はそのとき、子供たちにも口外せず、また親類にも自分の夫ががんになったことを言わずに一人胸に秘めていたのであった。今から考えると、さぞ辛かったであろうと思

う。

年末に一時退院

年末になっても私の退院許可は下りなかったが、一度家に帰れるという話が医師からあった。「年末と正月は病院側の手が足りないので、できるだけ多くの人たちを退院させるのです」と言われただけで、私が自宅に戻ることに関して、一言も退院という表現はとられていなかった。

「一月三日には病院に必ず戻ってきてください、今後の処置がありますから」

という看護婦の説明だけだった。

久しぶりに家に戻った。家に染み付いた懐かしい匂いに、何かほっとしたものを感じた。病院のベッドで生活していた私にとって、畳の上に敷いた布団から、トイレに行くために起き上がるという動作がこんなにも大変なことかということに気がついた。

自宅は病院に比べて室内の温度が低いために、正月の寒さは思いのほかきつく、からだにはこたえた。

年末恒例の紅白歌合戦を観ようと思ったが、視力が衰えており、体力もテレビを見続ける程はもたないと思ったので、ビデオに録画してもらうことにした。そのくらい体力が落ちていたのだった。その後、結局そのビデオを見ることは無かったが……。

元旦には恒例のように家族全員が集り、皆で新年を祝った。正月の席にいつもあるはずのお屠蘇《とそ》が省かれてはいたものの、病院の食事に比べて、チキンスープをベースに仕込んだお雑煮が、なんとおいしかったこと。しかし、病院で過ごしていたときと同じように食欲は無く、お餅を一切れ食べるのもようやくのことだった。そして正月の三箇日を、新聞を読むこともなく、読書することもなく、好きな音楽を聴くでもなし、ほとんど布団の中で寝て過ごした。

そして三日の夕方になり、久美子に連れられてまた病院のベッドに戻った。

たくさんの見舞い客とお茶会

病院に戻ってから血液検査が始まった。

赤血球と白血球、そしてリンパ球のパーセンテージが低いので、

「しばらく様子をみましょう」

ということだった。弱ったからだをベッドに横たえながら、何をする気も起こらず、だんだんと死への坂道を転がり始めていたかのようだった。

自宅での生活を終えて病院へ戻ってから、急に見舞い客が増えだした。年賀状がとどかな

いことで私が入院しているのを知り、見舞いに訪れた人たちが、それぞれ自分の知っている沢山の人に、次から次へと連絡をしたようだった。

それまでは、家族を中心とした親類の人たちだけのお見舞いだったが、その輪が友人や知人に広がった。

見舞い客は、あとになって手帳に記録していた人数を数えてみると、家族の訪問も加えて五二〇名を越えていた。本人だけが何も知らなかったのだが、すでに私ががんになって死にそうな状況だということが人づてに伝わっていたようだった。

見舞いに来る人たちは、ほとんど皆さんが必ず私の好物の和菓子を持参してくれた。忙しいなかを来てくれることがとても嬉しかったので、見舞いに来てくれた人には葉書きに一言お礼を書いて、できるだけその都度送った。一方では、毎日増えてくるお見舞いの品々を何とか消化する方法を考えねばならなかった。

「お茶会をしよう」とひらめいた。病院ではそれぞれの患者に、午後三時ごろにお茶が配られた。この時間に合わせてお茶会をすることを「お知らせ」と称してできるだけたくさんの皆に伝え、お茶碗をもって私の病室まできてもらうことにした。

自宅から赤い毛布を持ってきてもらい、ベッドとベッドの間のスペースの床に敷いて、その真ん中にお見舞いにいただいたお菓子の折りを開いて置き、皆さんにはお茶を飲みながらお菓子を食べてもらい、残ったお菓子や果物はそれぞれの病室に持ち帰ってもらった。

さらに、私はコーヒーが大好きだったので、コーヒードリッパーを自宅から持ってきてもらい、病室でコーヒーを淹れた。コーヒーの香りが私のいた病室のある二階のフロア全体に広がり、塩素の強い水道水で入れたお茶がまずくて不満だった人も、コーヒーなら何とか飲めるといってくれたことは、とても嬉しかった。

このお茶会は、入院していた人たちには大好評だった。そして、毎日お見舞いにいただく和菓子は瞬く間に消化できた。

しかし、ここで問題が起こった。婦長が私のこのお茶会に大変不満で、直ちに中止してほしいと申し入れをしてきた。病院の中でこれほど好評なことをなぜ止めるのかと、私が反対したところ、

「コーヒーはからだに悪いのです」

の一点張りだった。私はこのお茶会を、私のためにも皆のためにも続行した。一時は婦長との間が険悪な状況となり、仕方なく数日は取りやめたが、また再開した。そしてこのお茶会は、私の体調が悪化してコーヒーが淹れられなくなるまで続けられた。

中にはコーヒーの差し入れをしてくれる人がいた。そのことを集まった皆にお伝えすると、病室内で拍手が沸き起こった。

しかし、最後の最後まで、婦長は私に嫌がらせの横槍を入れ、お茶会が始まると必ず誰か看護婦をよこして、

「婦長さんが止めて下さいと言っています」

と伝言があった。それを聞くと皆ゲラゲラと笑った。このささやかなお茶会は、病室内で皆が愉快に笑えた唯一の憩いの瞬間でもあったのだ。

手が痺《しび》れてきた

私の両手の痺《しび》れのことについて書いておこう。

病院のベッドは、長期間寝ていると背骨が湾曲してしまうという粗悪な商品を使っていたので、長時間同じ格好を続けていると、首が圧迫されて、やがて手や腰が痛みだしてきた。このことをT医師に話をしたら、早速整形外科の医師が私のところにやってきた。まず首のX線撮影から始まりさまざまな検査の結果、長期入院患者に起こりやすい骨のたわみからきた痺《しび》れだという。

そのようなことは検査をしなくても分かることだった。そのときに握力測定をさせられた。右二八キロ、左二三キロと、病気になる前の半分以下の値に低下していた。翌日から首の牽引がはじまった。やがて頭痛がなくなり肩こりが明らかに改善されてきた。首の牽引はその後二日に一回続行され、そのたびに病院内のリハビリテーションの行なわれる所に通った。

その後首の牽引を整形外科で続けて行なっていたにもかかわらず、手にまた痺れが発生した。

前にちょっと触れたが、私は病気になる前に、西勝造の作りあげた西式による一週間の断食を三度も体験しており、そのなかで平床硬枕《へいしょうこうちん》という健康法があることを思いだした。それは、ベッドを平らにして硬い枕で休むというものだった。それを試してみようと思いたった。病院内に他の用途で使ったという一三ミリ厚のベニヤ合板があることを聞き、お茶をサービスしてくれるヘルパーの方に見つけて持ってきてもらい、ベッドのマットとシーツの間に置き、桐の枕も自宅から持ってきてもらった。頭痛は嘘のように直ちに治まり、手の痺れは取れ、腰の痛みも無くなった。

やがて、整形外科医が診察に来たときにその成果を喜んで話したところ、

「余計なことはしないでほしい。私が医者なのだから」

といって怒って帰っていった。婦長は整形外科の医師に監督不十分という趣旨のことを言われたようで、その後婦長は腹の虫が治まらなかったのだろうか、カンカンになって私のところに来て、怒りつけてナースステーションに戻っていった。病院は一体どうなっているのかと首を傾げてしまった。その後、私にはこのベニヤ合板の上に寝る方法が最善だったと思ったので、

「自分で責任をとります」

と言って自分の意志を通し続けた。そして退院するまで続けた。この西式の平床硬枕は瞬く間に情報として病院の中に広まっていき、試みる人が増えていった。

光線をかけよう

やがてＴ医師は、

「注射が嫌なようだから、光線をかけよう」

と言ってきた。私は以前からカーボンアークの光線を足の裏や背中に照射することによ
り、著しく血行がよくなり、疲れが回復した経験があったので、即座に、

「先生、光線を当てるのは大好きです。何度もやっていましたから」

と答えた。Ｔ医師は何のコメントもしなかった。実はこれが放射線治療の始まりを意味した。


「この病院にはその設備が無いので、Ｋ病院に行ってもらいます」

というので、車で何人かの人と一緒に連れて行かれた。Ｋ病院のＩ医師は、私にとても親切な説明をしてくれた。

「一回の照射が一八〇ラドのハイエネルギーのベータ線で、合計五〇〇〇ラドを照射します。週五回で、合計三〇回を行ないます。これはあくまでも腫瘍がほかの部位へ広がっていくのを予防するためです。小腸にも照射するようになりますので、下痢をすることになれ

ば、そのときには一度中断しその都度様子を見ます。ただ宿酔《しゅくすい》という副作用があり、船で酔ったような現象になることからこの名前がつけられていますが、しばらく照射することを休むと大概治ってしまうので、心配しないでください」

と最初に言われた。

いよいよこの放射線治療がはじまった。私の思っていたカーボンアークの光線ではなかった。ちょうど腎臓の前方と後方部分にマジックペンで印を付け、一回ごとに向きを変えてからだの前と後ろからの照射がはじまった。

五回目のあとで吐き気がひどくなり、食欲がなくなった。抵抗力をつけるための注射がこのときから始まった。T医師は言った。

「白血球が低下しているので、注射で低下を防ぎましょう。白血球の数を上げて、抵抗力をつけるためです」

確かに、注射を行なった後には食欲が出てきた。まさに私のからだは精密な機械そのもののように感じられた。一方では宿酔はきわめてつらい現象だった。放射線の照射後二〇分ぐらい経つと、急速に疲労感が襲ってきて、立っていられなくなり、なんとも足が重くて、K病院から帰ってきて、車を下りて病室まで歩くこともやっとの思いだった。とにかくからだ全体がだるくて重くなった。

そしていつも、立ちくらみと頭痛に悩まされ、だるさがしばらく続き、照射後はベッドの中に沈み込むように入って、つらい気持ちを押し殺して布団をかぶって寝ていた。

やがて一五回を経過したところで、予想していた通り下痢が始まった。微熱があり、鼻血が出て、食欲がなくなった。

「血液検査上も、そんなに悪い状態じゃないので続けたほうがいいんだけどなあ」

というT医師の勧めがあったが、私には続けていくだけの体力がなかったので、下痢が止まるまで一週間ぐらい休むことにした。

一五回の照射でK病院に通う間、いつも同じ人たちと会うことになった。放射線治療を受ける前に待合室で照射待ちをしている人々に会うと、決まって、

「あの人はその後体調を悪くして、お亡くなりになった」

という話が飛び交っていた。振りかえれば、放射線治療というのは良い細胞も殺しているということを、その時に私は感じていたのだった。

老いたる父母が見舞いに来る

遠方に住んでいた老いたる母が、父と一緒に見舞いにやってきてくれた。もちろん、がんという不治の病であると知ってのうえで、私に向かって、親の立場から不憫《ふびん》な子供を諭《さと》すがごとく言い置いていった言葉がある。

「いいかい、親より先に死ぬ不幸は、決してしなさんな」と懇々《こんこん》と説いた。

私は、

「大丈夫だよ」

と答えたが、母の言葉は胸を締め付け、強烈な力を持って心に飛び込んできた。

母は帰宅してから、病床の私へ自分で筆を取った書を送ってきた。早稲田大学の名物教授といわれた会津八一《あいづやいち》の「学規」のなかから一行を選び取り、かつ、会津八一の書に似せて「ふかくこの生を愛すべし」と書いたものであった。

不幸なわが子の短い行末を想う親の心は、さぞかし切なかったであろう。母はすでに私の命の短いことを久美子から聞いて知っていたのであった。せめて自分にできることで激励をしようと思って、この書を送ってくれたのであった。

放射線治療の再開

下痢が止まり、血液検査では、リンパ球が一三パーセントから二七パーセントに増加しているのがわかったので、一〇日ぶりにまた放射線の治療が始まった。

早めに治療を中断したことが、体力の低下をストップさせ、回復を早める結果になったように思えた。

この放射線治療が始まってからひどい便秘になった。そのことを訴えると下剤が処方された。途端に三日分の腸にたまったものが一度に排出され、そればかりでなくこの排泄行為で体力を非常に消耗した。

このような治療を受けながら、私は人間をあたかも機械のように扱っている今の西洋医学の根本の体質に、大変深い疑問を持ち始めていた。

放射線治療だけの毎日がつづいたにもかかわらず、私の容態は一向に良くならず、さらに照射の回数が増えるにしたがって、衰弱の道を一直線にたどっていった。

毎日がますますつらい日々に変わっていった。とくに、見舞いに来て長居した人が帰った後は、本当に疲れてしまい、もう人と話をする元気もなくなっていた。

病院でおこなったことは、ただ放射線照射による治療だけであった。その間の検査は血液検査とX線検査だけだった。白血球の数が低下したときには、注射をして数値を上げるようにすることだけだった。

気がついたときには、私の体力は放射線治療を始める前とは比べものにならないほど落ちていた。その時、X線の検査では腫瘍が肺に転移していたようだったが、患者本人には明確な説明がされていなかった。がんではなく良性と悪性の中間だという認識であった。

本当にこのような西洋医学の治療法は間違っていないのだろうかと考え続けたが、その時の私にはどうすることもできなかった。

唯一の楽しみは食事だった。食事には週に一回ビーフシチューが出た。しかし、後になってこのようなおいしい食事は、回復しようとする病人には、まちがった食事であることを思い知らされた。

不思議な夢に出くわす

二月末のある夜、不思議な夢を見た。

その夜は、もうどうしたらよいか分からない、追われるようなたまらない気持ちになっていた。自分の心があたかも不安で爆発するような感覚を感じていた。胸が締め付けられるような苦しさに自分が耐え切れないようになっていったときだった。

気がついてみたら、自分が不思議な光景の中に引きずり込まれていた。視界はぼんやりしていた。薄暗い中に、悲しい雰囲気につつまれた光景が見えてきた。目を凝らしてみると、どうも葬式のようだった。よく見ると白木の棺おけの中に白い布に包まれた遺体があり、その遺体はたくさんの紫色の花で覆われていた。棺おけの中に入っていた人物に焦点を合わせていくと、なんとそれは自分の顔だった。棺おけの中に入っている自分を、私は少し離れた真上から見下ろしていたのだった。

棺おけの中の自分は死んでいた。様子をじっと眺めて見ていたら、私を見舞いに来てくださった、たくさんの方たちが焼香をして、お棺の前に来ては帰っていった。

私の葬式が行なわれていたのである。不思議なことに、焼香に来てくれる人たちはみな私の遺体に微笑んで行くのだった。

何か自分が祝福されている感じになった。参列者は喪服を着ていた。

しかし、不思議なことに皆、

「元気を出してね、がんばってね」

と言っていくのであった。誰一人として、悲しんだ表情をしている人はいなかった。参列者はすべて顔見知りである。仕事上の仲間たちや、取引先の会社の人たちもいる。やがて私のからだは、久美子を先頭にして子供たちや私の両親に囲まれた。その光景をしばらく眺めながら、感謝の気持ちでいっぱいになっていた。

私は棺おけの中に、学生時代に愛用した登山用のピッケルが入っているのに気がついた。秋田県の名工、森谷《もりや》氏が製作したものであった。そのピッケルが私を守り、来た人たちとの境目を明確に区分していたのであった。ピッケルの周りにもドライアイスが敷き詰められてあった。たくさんの和菓子が、私の病室を訪れた患者さんの顔と一緒に周りを囲んでいた。お茶会で大声を出して笑ったKさんの顔、彼はその楽しいお茶会の後に、あの世に旅立った。それらの人々がみなここに集まっていた。

何か大きな鐘の音が、かぐわしい香りとともに私を包んだ。一瞬、私が真っ白な雲でつつまれたごとくになった。葬式が終わったのだ。葬儀社の人が二人で棺おけの蓋を持ってきて、棺おけの上にのせた。トントンと金づちで軽く打ち付けて仮止めをしたあと、片手で握れる大きさの乳白色の石が、葬儀屋からまず久美子に手渡された。

久美子が仮止めの釘を打とうとした瞬間、真上から見ていた私が、

「ちょっと待って」

と言って、大急ぎで棺の中の自分のからだに戻り、自分の意識と同化した。

目の前には、棺おけの蓋が見えた。棺おけの蓋を下から両手で、力をこめて押し上げた。蓋が持ち上がり、隙間から突如、光のエネルギーがどっと差込んだとき、私は叫んだ。

「生きてるんだ！」

死に物狂いの大声であった。

大声を上げた途端に目が覚めた。夢だった。

朝五時前だった。からだ中が汗びっしょりだった。寝言のようなことを叫んだことが、同

じ病室の皆に聞こえたかと思うと、少し恥ずかしかった。しかし、この現象はあまりにもリアルだった。私のように科学の分野にどっぷり浸かって生きてきた人間にとって、このようなことは信じ難いことだった。しかし、夢を見たことは事実だった。

そのころは私の体調が悪化しており、久美子は毎朝、自分の職場に行く前に、新聞を持って見舞いに来てくれていた。もうすでに新聞など読めない私に、新聞を持っていくという口実をつけて、私の最後の時間を少しでも共有したかったのだろう。久美子にその朝の夢の話をした。久美子はなぜかびっくりしたように私を見て「よかったね」といった。そして私の手を取り、涙を流しながら喜んでくれた。

もちろん、私ががんであることを久美子はT医師から聞かされていて、今の状況が、もう先の短いことも知っていたときだった。

感覚が高まる

この夢のあと、私の感覚に変化が起こった。まず耳である。異常なまでに聴覚が敏感になり、音楽に対する嗜好ががらりと変わってしまった。私はベートーベンが大好きで、特にフルトヴェングラーがベルリンフィルを指揮した交響曲第五番〝運命〟のカセットテープを病院に持ち込んで、毎日のように聞いていた。しかし、感覚が研ぎ澄まされ繊細になった状態の後には、この〝運命〟がなんだか強烈過ぎて、急に聴く気がしなくなった。

代わりに友人の一人が見舞いに来たとき置いていってくれた、喜多郎のシルクロードの音楽が、私のすさんだ心をとても癒してくれた。

ヨガの先生が見舞いに来てくれたときには、古今亭志ん生の「火焔太鼓《かえんだいこ》」のテープを持参してくれた。これが契機になって、忙しすぎて今まで聞くこともできなかった落語のテープをよく聴くようになった。深く心に沁み入る笑いが、なんとも心地よかっただけでなく、自分の想像力のペースでその状況を作り出していくことができた。そして、笑うことで体調が回復することにも気がついた。ともかく落語の効果はとてもすばらしかった。

また、私が眠っているとき、ベッドの近くで私のことを話しているのが聞こえると、内容が解ってしまい、その場で目を覚ましてよいものか、迷ったことが何度もあった。

もう一つは、臭いに著しく敏感になったことだった。病院の四階にあった厨房で食事の準備が始まると、その日に調理する材料と調味料の混ざった臭いが二階に寝ている私の嗅覚にはっきりと感じ、食事の内容だけでなく、食材の種類まで認識できた。運ばれてきた食事を見たときには、すでにその食事の内容を一、二時間前にはすべて感じていたのだった。

ベッドで目をつぶって寝ていても、脇に来たT医師や、どの看護婦か、その体臭だけで誰であるか認識されるぐらいまで敏感になっていた。

廊下に出てトイレに行くときに気がついたことは、こちらに近づいてくる人の体臭が、風向きによっては遠くからすでに感じられたことである。いつも飲んでいた水道水は、水道管の中に生えているミズゴケの臭いと、カルキの臭いで飲めなかった。

この感覚は、野生の動物が持っている鋭い感覚と同一のものじゃないかと思った。その反面、味覚が著しく鈍くなった。食べようとする意欲も衰えた。さらに、触覚も鈍くなっていた。人が訪れて、握手をしてくれても、それまでに味わったことが無いくらい、無感動の握手をしていた。

嗅覚が敏感になると、六人部屋の病室で他人の臭いがとても気になった。特に夜九時の消灯と同時に病室の扉が閉められると、他の人の臭いがさらに気になり、とても耐えられる状況ではなくなっていった。とうとうたまりかねて、夜中に病室から抜け出すことを考えた。

病院の屋上で寝る

三月五日の夜だった。十一時を過ぎてから、病室で寝ていて臭いで耐えられなくなった私は、ベッドの毛布をはがし、たたんで脇に抱え、病室の扉を静かに開けて、他の人が寝静まった病室を抜け出して屋上に向かった。それまでには何日かかけて、何とかして少しでも臭いから逃れられる場所はないものかと、病院の中を色々と探して歩いたが、結果は屋上しか見つけられなかった。

ナースステーションの前を、看護婦たちに見つからないように背中を丸め、しゃがむようにして通り過ぎ、やっとの思いでエレベーターのある場所にたどり着き、屋上に上がった。

六階の屋上は夜の新鮮な空気に満ち溢れ、臭いに悩まされることはなかった。持参した毛布を座布団代わりにして、初めは座っていたが、やがて疲れたので横になった。空には、星が輝いて見えた。

通常、夜勤の看護婦たちの最初の仕事は、まず重症患者たちを確認することであった。懐中電灯をカーテンの間に差し込み点滅させて顔を観察し、患者が光に反応する状態を見て、生死を確認するのだった。ちょうど私が屋上で寝ていた頃、病室では私のベッドが荒れており、いないことを見つけると、緊急事態が発生したとして、早速私を探し始めたのであろう。

一時半ごろだったと思う。二人の看護婦が屋上に上がってきた。そして、私が毛布に包まって屋上で寝ているのを見つけた。屋外にいることで風邪をひいてはいけないと思ったのか、近くに来て、

「そんな所で寝ていると風邪を引いて取り返しがつかなくなりますよ。できるだけ早く病室に戻ってください」

と親切に、しかし怒りのこもった言い方で、ただちに病室に戻ることを勧めてくれた。

私はその時間に臭いの多い病室に戻る気などさらさら無かったので、とてもその言葉には

従えなかった。

やがて五人の看護婦たちが屋上に上がってきて、皆で私を抱きかかえると、荷物のごとく病室に運んでいった。

そのとき病院のナースステーションから、夜中にもかかわらずT医師に電話が行き、「寺山ががんで死が近いことをはかなんで、屋上から投身自殺を図ろうとしている」らしいとの情報が届けられていたようだった。

退院に成功する

翌朝の六時半、普段のT医師には見られぬくらい早い時刻に、私の病室に入ってきた。彼は怒っていた。そして私に、

「病院の中にいるのだったら、病院のルールにちゃんと従ってほしい」

と注意した。私が病院のルールに従わないという噂は、そのときには病院内では有名になっていた。

T医師は私にこう語った。

「一度、家に帰ってみるか」

「先生、家に帰らせてください」

「じゃあ、手続きをしておくから」

「ありがとうございました」

私は自宅に電話をして、退院の許可が出たと久美子に告げた。支払いを大急ぎで済ませて、退院のすべての手続きをしてほしいと思ったからである。

久美子はすべてを察したのであろうか、私が帰ったあとすぐに部屋で寝られるように布団の準備を整えてから、病院の始まる時間までに迎えに来てくれた。

高額な入院費の支払いを済ませ、その日の午前中には私は自宅に戻っていた。足掛け五カ月ぶりに退院ができた。

何か涙がこみ上げてきた。私は救われたという感じをそのときに持った。

退院するとき、一カ月に一度は病院に検査に来るようにというT医師との約束だったが、その後この約束はあまり守らなかった。数カ月に一回というペースで採血はするものの、X線検査を極力避け、自分が疲れないよう、直感にしたがって続けた。

一方では、私はT医師には大変感謝をし続けた。彼の手術の技術はとてもすばらしいものだった。手術した跡がほとんど分からないくらいにきれいに縫合されていた。そして、西洋医学の医師としては立派な人で、とても親切だった。物分りが良くて、抗がん剤も二クール目は私がいやだということを聞いてくれて、おこなおうとしなかったし、最後には退院までさせてくれたからだ。

退院後に、私はT医師には自分の命がなくなるまで感謝の気持ちを送ろうと決めて、盆暮れの挨拶を贈り続けた。そして、それは二十年間も続いている。

『チベットの死者の書』に出会う

退院してしばらくたってから、友人の紹介で『チベットの死者の書』に出会った。私が体験したこととまったく同じようなことが、その本の中に書かれていた。私が見たのは臨死体験の夢だったのだ。

私は自分が病気から回復したことを語る時には、いつも必ずこの話をしてきたが、私の話を聞いた多くの人たちのなかに、同じような体験をしている人がいることがわかった。それは、あるときは幽体離脱ということばで表現されている。いまでは臨死体験や幽体離脱の体験をした人たちと、共通の体験を語れるような状況が、だんだんとできてきつつあると言っていいだろう。

現在八〇パーセントぐらいの人々が病院で死を迎えているという現状が、自宅で死を迎えるように変わっていくと、死はもっと身近な、誰もが避けて通ることのできない、当たり前の問題となっていくだろうと思っている。

第２章　自宅に戻って

神社にお参りする

病院を退院するときに、久美子が一言私にそっとささやいた。

「天祖神社にお参りしてから帰りましょうよ。毎日、私はあそこにお参りをして、あなたの回復を祈ったんだから。ねえ、少しは歩ける？」

病院のすぐ近くに天祖神社という神社があった。

目と鼻の先だったが、自分の足で歩くのはとても辛かった。ゆっくりと歩きながら行った。

春まだ浅い寒空の下で、人気のない神社は静まりかえっていた。本殿に向かいながら、この五カ月の間、久美子が毎日願をかけに通ってくれたのかと思うと、涙ぐんでしまった。

神社に着くと、久美子が面白いことを言った。

「ここにお参りすると、背中が軽くなるの」

この言葉は、その後、神道のお祓いのすごさに気がつくきっかけとなった。

天祖神社の本殿の前でお賽銭をあげ、天井からつるされた鈴を鳴らしてみた。弱々しい振りではあったが、この鈴を鳴らすことで、背中がざわついた感じがあった。

さらに神社参拝で行なう二拝二拍手一拝の所作を行なったところ、背中が一瞬のうちにさわやかになり、何かが取れ浄化されたような気分を味わった。

その時「これは何だろう?」と感じた体験が、この後にサトルエネルギーに気づくきっかけにもなった。

JR阿佐ヶ谷駅までゆっくりと歩いて、ようやく駅前でタクシーをつかまえて自宅に戻った。足掛け五カ月の病院生活で体重は二五キロぐらい減少し、足は細くなり筋肉は削げ落ち、特にお尻の肉はなくなり、肛門から腸が触れるくらい肉がなくなっていた。

足の筋肉が落ち、私は歩行がとても困難になっていた。お尻には褥瘡《じょくそう》があり、クッションが無いと痛くて、眠りにつけなかった。

水が飲めない

久しぶりに家に帰った。玄関のドアを開くと、懐かしい我が家の匂いが鼻腔をくすぐった。何よりも自宅に戻れたことがうれしかった。

帰ったとき非常に喉が渇いていたので、水道の水を飲んでみたが、臭いがあってまずかった。

病院と同じで、とても飲める状態ではなかった。冷蔵庫の中を探したら脱臭剤の炭の袋が見つかったので、水道水をバケツに汲み置き、その脱臭剤の袋を中に浸した。一晩つけておくと、その水の臭いが少なくなっていることに気がついた。

小五の息子の星が学校から帰ってきたので、近所の酒屋にミネラルウォーターを買いに行かせた。三種類のミネラルウォーターを購入して戻ってきた息子の前で、それらの水をコップに取り、少しずつ飲んでみた。どれもミネラルウォーターなのに、水の味がこんなにも違うものだろうかと思った。そして自分の飲める水は、そのうちの一種類だけだった。

それ以降しばらくの間、飲料水はそのミネラルウォーターしか飲まなかった。

早速の訪問者

ひと寝入りすると、親友の大塚晃志郎さんが退院祝いといって、海苔を巻いた玄米のおにぎりを持参してくれた。彼は入院中の私に、マクロビオティックを教えてくれた人だった。

「ありがとうございました」

とお礼は言ったものの、病院にいたときから食欲もなく、ほとんど食事が摂《と》れず、からだへの栄養分補給は、静脈への点滴で行なわれていたため、家に帰って急に食べ物を入れても、口の中には唾液が十分に出てこなくて、せっかくの玄米おにぎりも、わずかの量をその日の夕方、ようやく味噌汁と一緒にのどに流し込んだ。

退院というのは、通常良くなって退院をするのである。私の事態は任意退院であった。私が退院したということで、たくさんの人たちが、退院祝いをくださった。しかし、私にとっては、死を自宅で迎えようと思って家に帰ってきただけであり、とてもお祝いどころではなかった。

いよいよ自宅での生活がはじまった。

胸の痛みに「愛しているよ」

自宅に戻っても、胸の右下の部分がしくしくと痛み続けた。手術の跡ではない。手術の傷痕は、たまに思い出したときにちょっと痛いと感じたが、肺の部分の妙な痛みはずっと続いていた。

退院するときに、T医師が鎮痛剤を処方してくれた。鎮痛剤は病院にいるときには、痛みがひどくなったときに使用していた。しかし薬を服用すると、決まってその後、からだがだるくなり不快感を味わっていたので、自宅に帰ってからは鎮痛剤を使うことをためらっていた。

痛みが激しいために熟睡できず、頭はいつもぼんやりしている日々が続いた。ものを食べないので、だんだんと痩せていった。

痩せが目立つと、胸骨が目立ってきた。肺の部分の痛みに耐えようとあちこち手を当てているうちに、心臓の上に左手を置いた時である。やせ衰えて目だってきていたあばら骨の間に五本の指をあてがったとき、突然指先に伝わってくる心臓の鼓動が感じられた。私の心臓が、生まれてから四八年間に一度も止まったことがないことに気がついた。そして、何か感謝の気持ちでいっぱいになった。

私の人生で、止まることなく動いていた自分の心臓が急にいとおしくなって、上から当てた左手を通じて、

「心臓さん、本当にありがとう。今まで一度も止まったことがないんだね」

と心から感謝の言葉をかけた。何か胸に込み上げてくる感動に涙が出てきた。同じようにして、胃も腸も、手も足も、みんな生きてきたのだということが分かってきたら、すべてが可愛いのだった。次に右胸に手を当てたとき、肺そのものには感謝ができたが、肺に転移し

ていたらしい腫瘍に対しては「ありがとう」という言葉が口から出てこなかった。

語りかける言葉をいろいろ考えていたとき、突如、天からか、「この腫瘍は、自分がつくってしまったんだ。自分の悪かった行いの結果である。これは自分の子供のようなものである。いとしい子供である」と言葉が降りてきたような感じがした。

何か、えもいわれぬ感情が胸の中に湧《わ》き起こってきた。そして自分が作った腫瘍に対してかけてあげる言葉が出てきた。

「ごめんね、僕のケアが足りなくて、僕が作っちゃった。言ってみれば、僕の子供じゃないの、愛しているよ」

といい終えたら、涙がとめどなく流れてきて、急に痛みが和らいだ。

その夜、私は久しぶりに眠ることができた。

翌日から、私は昼寝のときでも、夜眠るときでも、目をつぶる前には必ず、腫瘍に「愛しているよ」といい続けた。そうやって声をかけると、まるで合図のように、不思議と痛みが減少するのだった。

それからというもの、この腫瘍に毎日愛を送りつづけた。時には腫瘍とコンタクトが取れなくて痛みが消えずに残り、失敗に終わったこともあったが、だんだんとうまくなっていった。愛を送り込むときには、自分の気持ちをどのようにしたらうまくいくのかも、いろいろと工夫をしてみた。

とにもかくにも腫瘍に愛を送ることは、非常に効果があった。痛みが自分にとって耐えられるレベルに減少するからだ。それに加えて、自分の意識がさらに深くなっていくことを感じていた。愛することの本当の深い意味も感じた。このことで自分のことを愛することができるようになり、久美子への愛、子供たちへかける言葉も深みを増し、感謝に変わっていった。

束縛のない生活が始まる

久美子は、日中は仕事に出かけ、すべて私の好きなようにさせてくれた。自宅では久美子の母、ちよさんが、玄米の重湯《おもゆ》と梅干と澄《す》まし汁を用意してくれた。食べることができなかったので、ほとんど断食のような毎日を過ごした。と言うより、通常の方法で炊いた玄米などは、唾液が出てこないのでとても食べられるような状態ではなかった。物が入らないと、排便がないので、毎日便秘が続いた。

病気と診断される数年前に、一週間の西式健康法による断食を三回おこなった体験があった。断食の時には、排便を促すため、スイマグという水酸化マグネシウムの薬剤を飲用したことを思い出した。自宅にスイマグの残りがあったので、便秘を改善するために、スイマグを多めに飲んだ。おなかの中に長い間溜まって排泄されなかった便が、真っ黒く丸く固まって、ウサギのフンのようになって出てきた。便が出てくると、体調が急に良くなったように感じた。腸の中に必要のなくなったものを長期間ためることはよくないと知ってはいたが、これほどまでに効果があるとは、自分で体験してみて心底分かった。

それからミネラルウォーターとスイマグだけの生活が四、五日続いた。

ある朝、食欲が湧いてきたことに気づいた。お腹がすいたという感じと、なにか物が食べたいという欲求だった。毎日のように、ちよさんが玄米を枕元に持ってきてくれても、食欲がなくて手もつけないでいたのが、「食べてみよう」という気持ちになった。そのご飯をじっと見つめて、

「ありがとうございます、この食物が私のからだを生かし、助けてくれます」

と言ったら、口の中に涙にも似た唾液が湧き出てきた。久しぶりに玄米を口の中に入れて、よく噛んだ。ドロドロになるまで噛んだ。やがてのどを通して胃袋の中に、川の水が流れるように入っていった。

この日を境に、私のからだがよくなっていくのを感じた。西洋医学的には何の処置もしていないはずなのに、良くなり始めていくのを感じたのである。

太陽のありがたさ――今日という日があることを実感した

翌朝、目が覚めたとき、太陽の光がドアの隙間を通して差し込み、暗い中に一条の光で、

空気中のホコリが動いている様子が輝いて見えた。ぼんやりと昔の物理の実験を思い浮かべた。「今日も自分は生きていた」というひとつの確信に満ちた感覚がからだを走った。

さらに目とからだで確認するには、私の住んでいるマンション八階の屋上から日の出を見ることが良いと思いついた。エレベーターで屋上に上がっていこうと思った。ドアを出てエレベーターの入り口まで約十メーターあったが、これがとても遠い距離に思えた。風邪を引かないように着込んで、エレベーターに乗った。

エレベーターが上昇し始めたとき、胃や腸が急に異常な反応をした。長いこと病気で寝てばかりの生活をしていたからだの中の筋肉は、急速なエレベーターの上下動にうまくついていけなかったのか、突如不快な感じがして、恐怖感でたまらなくなり、エレベーターの中でしゃがみこんでしまった。

八階に着いたとき、恐るおそるエレベーターから逃げるように出て、エレベーターの上下動で感じたことについて、一体何が起こったのかを検証した。

盛岡にいた小学校五年生のときに、トラックに乗せられて山菜取りに行った。そのときのトラックの急発進したときやスピードを上げたときを思い出した。遊園地でジェットコースターにはじめて乗ったときも同じ感覚だった。エレベーターの激しい上下運動で感じた恐怖と、まったく同じだった。

そこまで自分の体力が落ち込んでいたのだろう。

八階の通路に出て東の空を見たとき、太陽はすでに空高く昇っていた。しかしそこには日の出の太陽の神々しさがまだ残っていた。太陽を眺めているうちに大変よい気持ちになったので、翌朝も日の出を見に屋上にエレベーターで上がっていこうと決心した。

たったそれだけの行動なのに、私はひどく疲れ、その日はほとんど寝て過ごした。新聞の夕刊で翌朝の日の出の時刻を確認して、その時刻の五分前に、寒さに耐えられるような身支度をしてエレベーターに乗った。昨日よりはずっとエレベーターの恐怖感が減っていた。

屋上で日の出を待っているときに、東の地平線に西新宿の高層ビルディングを眺めて、しばし日の出の前の美しさに感動した。やがてビルの合間から太陽が少しずつ顔を出したそのときに、光り輝く太陽の偉大さに、心の底から感動した。

「今日も生きている」

そして次に口から出たのは、

「太陽さん、ありがとうございます」

この短い言葉だった。しばらくの間じっとしていて、日の出がビル群の上まで昇るのを十分眺めてから、またエレベーターで二階まで下り、我が家に戻ってきた。ちょっとした運動にもかかわらず私にとっては激しい運動で、のどが渇いてしまったので、ミネラルウォーターをお腹いっぱい飲んだ。

日の出を見ただけで体力が少し増し、エネルギーがからだ中をめぐる感じがした。

「明日もまたやってやろう」という勇気が、心の底から湧き上がってきた感じだった。

次の朝もまた同じことをおこなった。

ますます日の出を見ることが楽しくなってきて、太陽のエネルギーによって地球に住むわれわれが生かされているのだという真理を、自分のからだ全体で受け止められるようになっていった。それからというものは、たとえ曇りの日であろうとも、雨が降ろうとも、日の出の時間には八階の屋上に上がることにした。それだけで、私のからだの運動量としては十分だった。

桜の花びらが、声を出した

しばらくして桜の咲く季節になった。

窓の外に咲く桜の花を見て、この花をもう二度と見ることはできないのだと思った。来年はもう自分はこの世にいないと思った。

よく見ていると桜の花びらが声を出しているようだった。

「今、離れるよ」

と声がするほうを見たら、まさに一つの花びらが木から離れようとしていた。

そして五枚の花びらのうち一つが落下し始めた。今の私の命も同じだと思った。

不思議なことに、今度はその花びらが地面に落ちる瞬間の音が聞こえてきた。

いや、聞こえたように思えた。そして風が吹いてきたときに、それが地面を這っていく音を感じたのだった。

何度も同じように、自分の意識を花びらに集中する実験を試みてみた。すると、他の花びらからもほとんど同じように聞こえたのだった。

私の実験に応じてくれた桜の花びらに深い感謝をした。何か私を祝ってくれるようであった。


そのことがあった翌朝、すぐ近所の家の玄関先にある桜の大木を見に行ってみようと思って、朝五時過ぎに家を出た。風のまったくない静まり返った朝の時間を、桜の木の下でじっと桜の花を見て過ごした。

やがて疲れてきたので、しゃがんだ。首が疲れたのでさらに地面に直接寝て、上を見ていた。

ごろりと仰向けになると、桜を見るにはちょうどよかったので、そのまま花を見続けた。

まもなくその家の人が、新聞を取りに玄関から出てきて、私が地面に寝ているのを発見し、

「あ、人が死んでいる」

と叫んだので、寝ていた私は手を上げて、

「桜の花見をしていたんですが、少し疲れたので横になっていただけです。ごめんなさい」

と答えたのだが、その家の人は気味悪がって、一一〇番に電話をかけたのだろう。まもなく近くの交番の警察官が来て、私の脇を支えて自宅まで連れて行ってくれた。

警察官の行動にあまりいい気持ちにはなれなかったが、ともかく「ありがとうございました」と丁寧にお礼の言葉を述べた。


四月五日は、大学に入学できた娘の亜古の入学式が千葉で行なわれる日だった。

久美子から「入学式に行ってあげられないか」という提案があった。久美子は何とか私を亜古の入学式に連れて行き、私の生きている間に、私達の最初の子供である亜古の大学入学を、祝ってあげたいと思ったようだった。

子供の大学の入学式は見納めになるだろうと私は感じた。

毎日寝てばかりの私も、この大冒険に挑戦することにした。

「行ってあげよう」

私は久美子に答えて、準備を始めた。久しぶりに袖を通した洋服は、なんと重く感じたことか。鎧のようだった。

まず自宅から阿佐ヶ谷の駅までタクシーで行き、あとは乗換えを最小限にして、JRでゆっくりと千葉まで行くことにした。電車を降りると、タクシーでようやく大学に到着した。

大学の校内には桜の花が満開だった。快晴だったので、気温はそれほど低くなかった。普通であれば、とても快適な日のはずだが、私のからだにはとても寒くてきつかった。そして、疲労を感じた。

入学式は、病気のからだにはとても長く感じられた。

すべてが終わり帰宅したときには、疲れて洋服を脱ぐ元気もなく、そのままただちに布団に潜り込んだ。

「行ってくれてありがとうね」

と久美子が枕元に言いに来てくれたが、ほとんど聞き取れないくらいに疲れてしまった。

だが、亜古の卒業式のときまでは生きてはいないと思っていたので、生きているうちに入学式だけは何とか出席できたという達成感があった。

小鳥がいつさえずりをはじめるか

自宅に戻り、気持ちに余裕がでてくると、やがて、面白いことに気がついた。

毎朝、日の出を見ていたときに、たくさんの小鳥たちが私のマンションの目の前にあるケヤキの森の梢で爽やかにさえずり、その小鳥たちの大きな声は、あたかも宇宙にこだまするオーケストラやコーラスのごとくに聴こえていた。春だったので渡り鳥の大群が、ケヤキの木の梢を一時の住処《すみか》として集まって来ていたのだった。

ある朝、ふと思った。あれだけたくさんの小鳥たちが夜中には寝ていてまったく静かであり、私が日の出に感動する時間よりも前に、小鳥たちはすでに木の梢でさえずっている。

いつごろ鳴きだすのだろう。

どうせ日の出を見るのだったら、いっそ、この小鳥たちが鳴きだす時間を確かめてみようと思った。

翌朝、試しに日の出の十分前に起きて屋上に上がっていった。小鳥はすでに木の梢の中で鳴いていた。自分の見当が外れたことに気がついた。

翌日は二十分前に屋上に行ってみた。小鳥は前日と同様にすでに鳴いていた。またもや失敗した。次の日は三十分前に屋上に上っていったところ、またも私の期待は裏切られた。小鳥は鳴いていたのである。ここまでくると、さらに私の探究心は掻き立てられた。

そして、翌日は思い切って一時間前に屋上に上がっていった。目の前の林は暗く、静寂そ

のものだった。私はその状態をみて、

「しめた、やったぞ」

と心の中で叫んだ。というのは、小鳥の鳴き出す時間は、おそらくこの日の出の一時間前から三十分前の間に起こるであろうと推測したからだ。そして寒い中をじっと時計を見ながら、鳴き出す時間を今か今かと待った。

そのときには、探求しようとする私の科学を学んだ精神が身をもたげていた。待つこと約二十分、一羽の小鳥がさえずり始めたと思ったら、途端に木の梢の中で小鳥たちの大合唱が始まった。その見事な小鳥たちの鳴き声のスタートに、私は自分の耳と目を疑った。

時計を見てみた。日の出の四十二分前であった。

この、小鳥が一斉に鳴き出す現象に大変感動した。日の出の時間まで屋上にとどまり、日の出を見てから下りてきた。


それから五日間連続で、日の出の一時間前に起きて、小鳥の鳴きだす時間を調べたところ、ほとんど日の出の四十二分前で、曇りの日であろうとも、雨の日であろうとも、まったくといってよいほど変わらなかった。私が物性物理をベースとした半導体素子の開発実験に従事していたころには、これほどしっかりとした実験データには、お目にかかったことがなかった。

布団の中に入り、ゆったりと横になってこの感動を味わっているときに、なぜ小鳥たちがある時間を境に一斉に鳴き出すのだろうと思った。

まず初めに仮説を立てた。小鳥たちが鳴き出すのは、日の出の前に木の葉からでる酸素に反応するのではないか。

何か実験でこの仮説を検証できないだろうかと思った。

我が家には、インコが三羽いた。このインコたちに協力してもらって、検証のための実験をしてみようと思った。午後になり、学校から帰ってきた息子に、近所の薬局で酸素がスプレーで出る缶を買ってきてもらうように頼み、夜が来るのを待った。インコのいる鳥かごは、いつも夜になると黒い布で覆われて遮光されていた。小鳥に必要な十分な休養が、光で邪魔されないようにしてあげるためだった。

まず真夜中十二時近くになって、私は布団から起きあがり、酸素スプレーの缶を持ってインコのいる部屋の鳥かごに近づき、黒い覆いの布をそっと暗闇の中ではずした。インコからは鳴き声一つ出なかった。しばらく息を潜めてから、鳥かごとは反対方向に向けて、酸素のスプレーをそっと噴射した。インコが突然鳴き声をあげはじめたのである。しめたと思った。検証が見事に成功したのであった。

こんなちょっとした実験なのに、私はそのあとで大変疲れ、布団にもぐった。しかし興奮して眠れなかった。もう一度この実験をやってみようと思って、午前二時半ごろに起きだして、同じ実験を行なった。結果はまったく同じだった。十五分ばかりさえずっていただろうか、インコの鳴き声がやがて消えた。

小鳥は日の出の前四十二分頃に、木の葉の出す酸素を呼吸して、歓喜の鳴き声をあげるのだということに気がついた。有名な格言に、「早起きは三文の徳」というのがある。この実験から、この格言は地球上の真理を表しているのだと思った。大変感動してしまい、あまりにも興奮した私は、その日以来、毎日、日の出の一時間ほど前に起き、小鳥の鳴く時間を記録した。

同時に日の出まで何もすることのない、有り余った時間に出会った。自由な時間を持ったことの素晴しさをこんなにまで感じたことは、私の人生で初めてのことだった。またとない貴重な時間だった。特に何をするわけでもなく、ただ小鳥の鳴き出す時間を調べて記録を取ったら、あとは日の出を待つだけで、本当に何もすることがなかった。

呼吸の大切さと、チャクラの存在に気づく

この何もする必要のない時間が続くと、何かをしてみたくなった。そして最初に呼吸をしてみた。息を吸っては吐いてみた。そのうちに、吐くことを先にしてみた。なんと驚いたことには、吐くことを先にするほうが、ずっと効果的であることに気がついた。呼吸という字を見たときに、この単語は、呼が先で、吸が後になっている。私はこの凄さにびっくりし

た。それからというものは、十分なくらいに呼をすることに励んだ。さらに、呼をしながら、その呼の上に「オー」と音声をのせてみた。無音の呼より、有音の呼のほうが、ずっとからだに良いことに気がついた。そしてさらにからだのある部分が、有音の呼をしているときに振動していることに気がついた。

その振動している場所を探そうと、有音の呼を続けながら人差し指でからだの上を指し示すように動かしてなぞっていくと、からだと指先が共鳴すると音の波動が変わり、音声が大きくなる場所があることに気がついた。

最初に気がついた場所が、胸の両乳首の間くらいのところであった。

病気になる前に通っていたヨガ教室で、先生がチャクラという言葉を口にしていたことを思い出した。とすると、七つあるはずだ。そう思いつき、他の六つの宝探しを始めた。次に見つけたのが、頭頂部の一点であった。この部分に一〇センチくらい離して手を置き有音の呼をすると、「オー」という音の響きが高まり、手にその振動が伝わってきたのである。

私は驚いた。

さらに、眉間に指をもってきて同じ方法で捜したところ、やはり有音の呼で振動が変わり、響きやすくなるところをみつけた。さらに、喉頭部に指を差しながら有音の呼をやってみると、同じ結果が得られた。

たまらなく面白くなって、毎日このチャクラ探しの鍛錬を、声を出しながらおこなっていった。一週間ぐらいが経過したとき、七つのチャクラの部分に自分の意識を持っていくことが可能になった。喜びをしばし忘れていた自分にとって、素晴らしい成果が得られたことがとても嬉しかった。そこでこのチャクラの部位に、指を差さないで意識をもっていく実験をしてみた。下の尾てい骨の部分から、意識を一つ一つ上に上げながら、有音の呼をおこなうことを毎朝数十回もおこなった。

この鍛錬をした後、私はいつも大汗をかいていた。そして大変疲れたが、体調が良くなっていることを感じた。この先にきっと何かがあると思った。

般若心経と雨ニモマケズ

呼吸と発声をする過程で、友人が持参してくれた般若心経を、数十回の呼吸をした後で唱えることを始めた。こんなことをするのはまったく初めてだった。ますます朝を迎えて日の出を見ることが楽しくなった。日の出の太陽に向かって般若心経を唱えることが、無性に自分の心に安心感を与え、生きているという実感を与えてくれた。

そして般若心経は、突然ある朝、宮沢賢治の「雨ニモマケズ」に変わった。小・中学校時代を盛岡で過ごしたときに「宮沢賢治の会」に加わり、いろいろな研究会に参加していたとき、毎週の集まりでは必ず皆で「雨ニモマケズ」と唱和した。その内容は、不思議なほど私が真理に到達するための意識の変化に役立っていった。

特に、「慾《よく》ハナク　決シテ瞋《いか》ラズ　イツモシヅカニワラッテヰル」という部分に至ると、自分がそれまでまったく反対のことをやっていたことに気がついた。さらには宮沢賢治が玄米菜食をしていたことに気づいて、現在の自分のおこなっていることそのままだと思った。「南ニ死ニサウナ人アレバ　行ッテコハガラナクテモイ、トイヒ」というところでは、死に対する私の恐れを徐々に薄めてくれた。

クンダリーニを体験

ある朝だった。有音の呼を続けていき、第一チャクラから頭頂部にある最後の第七チャクラまで、意識を移動させていく過程が素晴らしくうまくいった日があった。日の出の前に唱える雨ニモマケズの一語一句の意味するところが、からだの中に響き渡った。

やがて太陽が昇りはじめ、今日も見ることができた日の出に向かって、両腕を胸の前に大きく開いていったときである。突然、太陽が光り輝いたかと思うと、その光が矢のごとくかたまりとなって、胸の中に注ぎ込まれるのを覚えた。

すると、突然尾てい骨の部分が唸《うな》りを生じたがごとく、上部に上がっていくのを感じた。私は大変不安定な意識の状態になったと思った。いつのまにか目には大粒の涙をたたえ、日の出に向かってただ手を合わせて立っていたからだは、持参した座布団の上にいつの間にか座り込んでいた。何度も深呼吸をしながら、からだと意識の落ち着くのを待った。二十分ほど不思議な時間が経過しただろうか、われに戻ってはっきりと意識を取り戻し、高く昇った太陽に向かって最敬礼をしてから、二階の我が家に戻った。

ひとまず、疲れたからだを休めるため寝ることにしたが、その興奮は止まらなかった。やがて、家族が朝食をとるために起きてきたときに、私は自分の目を疑った。皆の頭の周りに白い光が見えたのである。私ははじめ光り輝く太陽の光で眼底を焼いてしまったのかと思い、視点をずらして見たが、同じように白い光を皆の頭の周囲に見ることができた。人々の頭に輝くオーラを初めて正しく認識した日であった。その日の興奮はなかなか冷めなかった。それ以来、私は人のオーラは容易に見ることができるようになった。

後日、白隠禅師の書いた「夜船閑話《やせんかんな》」と、「遠羅天釜《おらてがま》」という本の解説書に出会い、自分の体験したことは、その中に書かれていた「軟酥《なんそ》の法《ほう》」そのものであったことがわかった。昔、人から教えてもらい、読んだ本の中にあったことを、ただたとえ話のような不思議な世界の話と思っていたが、実際に自分で体験をしてみると、こんなにまで正しい表現だったのかと思う自分がそこにいた。白隠禅師にはやはり見えていたから、書くことができたのだ。

また呼吸の大切さとともに、樹木の発する酸素の大切さに気がついてくると、朝の散歩のとき、切断されてしまった樹木の場所を通るたびに、私は涙を流して、手を合わせ、「樹木さん、長いことありがとうございました」と唱えてその場を去った。

宅地化が進むにつれて、どんどんとこのような樹木が切られていくのだろうと思うと、とても心が痛んだ。

そして空に向かって、独りで叫んだ。

「私たちは、自分たちのおこなっている本当のことを知らないで、自殺行為をしているんだぞ！」

第３章　チェロの恩師の死が、私を導いてくれた

鈴木聰《あきら》先生

チェロの恩師である鈴木聰先生が、私が入院中の一月十三日に亡くなった。チェロ弾き仲間たちから自宅に連絡があったそうだ。以前から先生が入院していたことは知っており、死が近いということも薄々知っていたにもかかわらず、鈴木先生の死がとても悲しかった。自分にも来るべくして起こる死を、とても身近に感じた。

いろいろな思い出がよみがえった。

チェロを習い始めるにあたり、はじめて鈴木先生に会いに行ったとき、先生は私に言った。

「プロもアマチュアも区別しないで教えるが、それでいいね」

念を押す先生の言葉の迫力に、私はすごく驚いたが、もちろん即座に、

「お願いします」

と答えた。そして、すさまじいチェロのレッスンが始まった。

まず鈴木先生のきびしさに大変びっくりした。初めは二日に一度来るようにといわれた。チェロを始めたのは、大学一年で年齢的にあまりにも遅いスタートだったために、上達を急いでいたのだろう。レッスンではほんの少しのミスも許してくれなかった。指の形を正しく作るには、本当は毎日レッスンが必要なのだが、それも大変だと思うので二日に一度にした、といわれた。

一カ月が経ったとき、週二回にしようと言ってくれた。そして、毎日の練習量も増えていった。毎日三時間以上は、チェロと格闘していただろう。レッスンのときに約束した練習がこなせていないようなときは、先生にすぐに分かってしまい、容赦なく叱責の声が鳴り響いた。私は先生の期待に応えようと精一杯やった。

三カ月が過ぎ、レッスンは週一回となった。練習しなければならない曲の量も途端に増えていった。チェロの練習は一日も休むことができなかった。その結果かもしれないが、私の進歩は通常に比較して著しく速かった。

一年が過ぎた頃には、すでに「桐朋学園・子供のための音楽教室」のC組オーケストラに参加させられていた。大学生にもかかわらず小中学校の生徒たちが中心の団員に混じって、斉藤秀雄先生の指導の下に、それは大変厳しい練習だった。団員たちは自分の教わっている先生にパート譜を持参して、前もって個別にレッスンを受け、暗譜に近い形でオーケストラの練習に臨むというすごさだった。

オーケストラでの練習は、あくまでも練習成果の発表の場であり、個人レッスンはもっと激しい勢いで続けられた。一対一の個人レッスンほど人間形成に大きな影響を与えるものはないと私は思う。私の人生の中で、学ぶということに、一番大きな影響を与えた不死身とも思えた鈴木先生が亡くなったことで、自分の行く末を目の前に見るような感覚を覚えた。

葬儀に行けないイラつき

葬儀が数日後に予定されていた。入院している身であり、このような体調ではとても参列できないと思ったので、弔電だけを久美子に打ってもらい、病室で一人お別れをした。

それ以来、病室で毎日のように鈴木先生を思い出しては、涙で枕をぬらしていた。

鈴木先生は私の音楽人生だけでなく、人生の全ての中で、誰よりも大きな影響力をもって私を導いてくれた。先生には大学四年生までしか教わることはできなかったが、そのエネルギーは失せることなく、その後もずっと私の中に息づいていた。それほどまで私の人生に大きな力を与えてくれた先生だった。

その後、三月十七日に、鈴木聰先生を偲ぶ会が丸の内プリンスホテルで行なわれるという連絡を受けた。

幸いにも、三月六日に病院を退院することができていたので、私はなんとしても参加しようと思い、十分に歩けそうにないからだでも行きたいと久美子に伝えた。私の決意を聞いた久美子は、何か事が起こったら大変だと思って、娘の亜古をエスコート役として付けてくれた。

当日は、懐かしい昔の仲間たちに会うことができた。何よりも私が二五年間もチェロを弾くことから離れてしまっていた間に、先生の弟子たちは、皆何らかの形で鈴木先生とつながっていたことを知ることができた。私は鈴木先生が病気になる前から、何度かご自宅にお伺いし、そのうち私の時間が取れたら、もう一度チェロを始めたいと先生に伝えていたが、先生が亡くなる前についぞその機会は訪れなかった。

先生が入院中に、私は病室にふだん全く練習もしていない自分のチェロを持ち込んで、お見舞いと称して先生のレッスンを受けたことがあった。からだの具合が悪いにもかかわらず、先生は私の弾くチェロにいろいろと教えてくださった。そのとき、先生に、

「時間ができたら必ずレッスンにお伺いします」

と約束までしていた。

しかし先生はすでにこの世にいなかった。

鈴木先生とのお別れをするこの会で、すべてが終わったとさえ思った。

私が頑張って生きようとするエネルギーは、鈴木先生の個人レッスンの賜物であると思っていたからである。

偲ぶ会では、隅のほうでほとんど椅子に座ったまま、参列者の動きを、ただぼんやりと眺めていた。亜古は私の体調を気遣って、片時も私の側を離れず心配そうに付き添ってくれた。

会が終わり、この場で皆に出会えたことを感謝しながらも、今のからだの状態から見て、私はもう二度とお会いできないという気持ちで、心の底では「さよなら」を言い続けていた。亜古に伴われて帰宅して、疲労困憊《こんぱい》したからだを布団の中に沈めながら、ひとしきり泣いた。

しかし、この鈴木先生とのお別れの会での皆との出会いが、なんとその後の私に勇気を与えてくれたのであった。

雨田光弘さん

七月になって、雨田光弘さんが私に葉書をくれた。雨田さんは、日本フィルハーモニー交響楽団のチェロの元トップ奏者であり、当時は東京交響楽団の客演トップチェロ奏者をされていた。また猫が大好きなことから、お父さん譲りの才能を開花されて、猫の絵を描き続け、年賀状にはいつも自筆の絵を描いて送ってくれていた。雨田さんの葉書には、「お元気ですか。鈴木先生に叱られた思い出話でもしませんか」と書いてあった。

私は早速電話をした。

「私は今あまり遠くには行けるような体力がありません」

「じゃあ、僕が車で迎えに行って、帰りも自宅まで送りますよ」

私はその話に乗ることにした。日の出を見ることと、散歩すること、銭湯に行くこと以外は、布団の中に入って寝る毎日を過ごしていた私は、チェロに触りたくてしょうがなかった。

数日後、雨田さんは車で迎えにきてくれて、彼の自宅に連れて行ってくれた。そして早速、「チェロを弾きましょう」と、調弦ずみのチェロを渡してくれた。私は椅子に腰をかけた。筋肉がすっかり弱くなってしまっていて、長い時間椅子に座ることができず、たった五分もチェロを弾く姿勢を保つことが難しかった。雨田さんは、途中で疲れてしまった私に優しく声をかけてくれ、

「どうぞ気楽にして、そこで寝ててください」

といってくれた。

この日、私はとうとうチェロを弾くことができた。

この喜びは素晴らしかった。何とかしてこのチェロを弾く音で、自分を勇気づけようと思った。

しばらく楽しい時間を過ごした後で、雨田さんが再び自宅に車で送り届けてくれた。とても疲れてしまった。しかしこの出来事をきっかけに、心の中にムラムラとチェロに対する情

熱がよみがえってきた。また久しぶりに、チェロを弾こうと決意した。

チェロの練習を再開する

翌朝は疲れて起き上がれないだろうと思ったが、なんと起き上がることができた。朝食の後、いよいよ長いこと弾かなかったチェロをケースから出して弾こうとした。

ただでさえ長年ほとんど触ることもなく、しかも長い間病気をしていた私の指先は、とてもチェロの弦の強い張りに耐えられる状態ではなかった。

しかし調弦をし、開放弦の音で弾いてみたとき、その音色が、なんとからだ中に沁《し》みこんでいったのである。私はチェロに魅入られたかのごとく、休憩しては弾き、弾いてはまた休み、そして疲れたら休んで布団に入り、その日を境にして、とうとう毎日チェロに向かい合うことになっていった。

翌日もまたチェロを、朝から少しの時間だが熱心に弾いた。そして、雨田さんに感謝の電話をした。雨田さんは、

「よかったら、またいらっしゃいませんか」

「いいんですか、私が行って」

「僕の時間が取れるときだったらどうぞ」

私は雨田さんに会える日までに少しは弾けるようにしておこうと思い、お借りした楽譜の

練習に熱が入った。そんなとき、ふと本棚を見ると、吸い寄せられるように、宮沢賢治の『セロ弾きのゴーシュ』が収まっている一冊に目がいった。私はすぐさま手にとり、読みはじめた。その中には、動物たちが癒されていく素晴らしい物語が書かれており、病気の自分を動物たちに置き換え、感動して一気に読み終えた。

私は『セロ弾きのゴーシュ』から、チェロのバイブレーションが、たくさんの森の動物たちを癒すという素晴らしいヒントを得た。そして、私自身もチェロを毎日弾くことで、どんどん活力が増してきたことを感じたのだった。

チェロを持ち運べるような体力になると、もう一度本格的に、チェロを自分の毎日の生活の中に取り込んでいこうと思った。そのことを雨田さんに伝えたら「あまりきつくならない範囲でレッスンしましょうか」と言い出してくれた。私はチェロのテクニックを二五年ぶりに再学習する機会に恵まれ、レッスンが始まった。

チェロを弾くことが面白くてたまらない毎日を過ごし始め、久しぶりに一週間で次のエチュードに進むというスリルを味わった。まだ体力が十分に回復していないためか、椅子に座ってチェロを弾く姿勢は、からだにはかなりの負担がかかったが、毎日の生活の中で、日の出を見ることとほぼ同列の重要な日課になっていった。チェロの学習はきわめて面白かった。自分の指の先の神経をとぎ澄まして練習に励むことは、そのころ並行して学習していたからだの経絡《けいらく》の勉強と相まって、面白いくらいにからだのあらゆる部分を癒し始めていた。チェロの音だけでなく、指を使って自分のからだの中の経絡を活性化することで、さらに私を大きな癒しの波に巻き込んでいった。

チェロの音色

だんだんとチェロを弾きだしてみると、チェロがもっといい音にならないかと思った。雨田さんのチェロのなんと良い音色。そして、私の弱々しい音との差を切実に感じ始めた。

チェロを調整してもらおうと、渋谷の高台にある渋谷弦楽器にチェロを抱えて修理に行った。チェロの弦を新しいものに取り換え、さらに駒を新しくして、チェロは見違えるようにいい音になった。そして、良い音が出始めたチェロを、また毎日のように弾き始めた。

一カ月ぐらいすると、気候の変化でチェロの駒が高すぎるようになってしまったので、もう一度渋谷弦楽器へ行って、調整をしてもらった。

この工房は、すぐ近くに新日本フィルハーモニー交響楽団の練習所があるせいか、新日本フィルの人たちがたくさん出入りしていた。工房に一台のチェロが置いてあるのに目が行った。その場で弾かせてもらったら、とても大きな、いい音が響いた。私はその楽器が新日本フィルのトップ奏者である花崎薫さんの持ち物で、花崎さんが最近よい楽器を購入したので、どなたかに譲りたいという話であった。

帰宅してから、また毎日のようにチェロを弾いたが、花崎さんの楽器のことが頭を離れなかった。自分の命が短いと思ってはいたが、人生の最後に最善のことをして死にたいと思った。その楽器がどうしても欲しくなった。それで、しばらく借りることにした。イタリアのヴェネチアの製作者が百年以上前に製作した、とても良い楽器だった。金額を尋ねたら、なけなしのすべてのお金を払って、ようやく買える金額だった。

私は何も考えずに、買う決心をした。そして花崎さんに会いたいと申し出た。花崎さんは多忙の中を私の自宅へ来てくださり、その楽器でバッハの無伴奏チェロ組曲の第三番の一部を弾いてくれた。なんと良い音がその楽器からしたことだろう。私は陶然となってその素晴らしい音色に聴き入った。

とうとうその楽器が私の所有となり、私の毎日は、チェロを弾くことですべて埋めつくされた。

長谷川陽子さん

九月に入り、私の親友のお嬢さんで高校二年生の長谷川陽子さんが、毎日音楽コンクールのチェロ部門に出場するという知らせを、陽子さんのお母さんである博子さんからもらった。

長谷川陽子さんは、小さいころからチェロを井上頼豊《よりとよ》先生に師事し、激しい練習を重ねていたことは知っていた。病気になる前のことだったが、陽子さんの成長に伴い、四分の三のサイズのチェロから八分の七のチェロに移行するとき、お父さんの武久さんから良いチェロをさがせないか、という相談を受けた。

私は東京中を探し回り、十七世紀のイタリアの製作者による、きわめて優れたチェロを見つけて、持ち主から借りるように手配したことが縁で、その後、長谷川さん一家とはとても親しくしていた。

毎日音楽コンクールの第一次予選には六四名が参加し、日比谷のイイノホールで二日間にわたって開催されるという。私は毎日時間があり余っていたので、聴きに行きたくてしょうがなかった。私の気持ちを察してか、二日間とも娘の亜古がちょうど大学が夏休みだったので、私をにつきそってくれて、長時間にわたる第一次予選会を聴くことができた。

この音楽会を聴くこと自体が私にとって大きな癒しでもあった。当時オーケストラの音があまりにも大きすぎて、聴くに耐えられなかったことから、オーケストラのコンサートに行くのは完全にやめてしまっていた。自分の大好きな楽器であるチェロとピアノ伴奏の音楽は、音量もそれほど大きくなく、からだ全体に心地よい波動を与えてくれた。

陽子さんは二次予選も無事に合格した。そしてなんと本選会に進んだ。その頃には私が一人で会場に行けるくらいに体力が回復していた。長谷川陽子さんは本選会で堂々と二位となった。私が聴く限りでは完全な演奏だったので、きっと一位だと思ったが、審査の結果は二位になり、私は大変不満だった。しかし、その後の長谷川陽子さんの世界的な活躍は、目を見張る素晴らしいものとなった。そして「チェロ好き広場・ひまわり」というファンクラブができ、私はしばらくその会長を務めることになった。

黄帝内経《こうていだいけい》を読む

当時、指圧師のKさんから、中国の医学の古典である黄帝内経を読むように勧められた。素問《そもん》と霊枢《れいすう》であった。読み始めてみると、この考え方が流れるように頭に入ってきた。これらの本は、別の友人も読むことを勧めてくれており、とても難解だと助言してくれていたが、私にとっては決して難解でもなく、むしろ面白さがこみ上げてきた。そして、私は自分が病気になった原因がなんであるのかを、明確にとらえることができた。

この本は中国で二千数百年前の前漢の時代に書かれている。昨今の西洋医学は科学をベースに部分だけをとらえた測定データを重要視するために、人間を全体でとらえることができずにいる。私は西洋医学に欠落している部分があまりにも多いことがはっきりと見えてきた。優れた指圧師の手にかかると、その場でからだがどんどんよくなる体験をしていた時であり、また、病院生活の中で味わった苦い体験が拍車をかけて、私に正しい医学のあり方を教えてくれているように思った。

科学をベースにした西洋医学が、部分的で、見えることだけを重視しているため、見えない部分も含めたすべての事柄が、互いに関連しあっているということを忘れ、全体を見ることができなくなっている現代医学に、大きな危機感をもった。

自分のからだを癒すということの重大さに気がつくと同時に、久しぶりにＣＴの検査を受けたとき感じた検査後の疲労感から、極力このＣＴ検査は受診しないほうがいいとさえ思い始めた。また、血液検査でからだから血液を採取することは、つぶれそうになった会社に、借金取りが行って返済を迫る行為と大変似ているとまで思った。

これらのことに私が気づいたのは、すべて、日の出を見ることとチェロを弾くことで、自分の感覚が高まっていった結果ではないかと思った。さらに、ときどき腸の中をきれいにするためにスイマグを用いていたことで、宿便が取れて血液がきれいになったのだろう。血液がきれいになることで細胞が新しく若返り、直感が高まり、さらに気づきの能力が向上していった。

チェロを弾く効果と歎異抄

チェロを弾くことが毎日の日課になっていくにつれ、チェロの音が私のからだの細胞になにか振動を与え、細胞の一つひとつを活性化していることに気がついた。初めは毎日運動のつもりで弾き始めたのであったが、いろいろな音を弾くために左手を動かすことで、経絡とつぼを刺激し、さらに心をこめて弾く音に自分の感情を入れていくにしたがって、自分の心が開いていくことがわかった。

この音楽の効果を陽とすると、陰の形で私を支えてくれたものに、親鸞の教えが書かれた「歎異抄《たんにしょう》」があった。

私が出席する勉強会のひとつに、丸の内朝飯会《ちょうはんかい》があった。丸の内朝飯会は、東京駅近くのホテルに、毎週朝七時半から朝食をとりながら話を聞いて勉強するというスタイルで、一九六三年にスタートした。

幹事をしていた市原実さんはよく見舞いに訪れてくれた。そして私が出席できなくても会のレポートを毎週送ってくれた。

この会で、元宮崎銀行頭取だった井上信一さんの講演を聴いたことがあった。井上さんは日本銀行時代から親鸞の研究に勤しみ、歎異抄の研究者、実践者として仏教振興財団を作り、その理事長として、日本の中に仏教の教えを分かりやすく説明する努力を続けてきた人であった。井上さんは、〝生かされていることに気づくこと〟と、〝生かされているということに気づかない自分に気づく〟という二つの「気づき」についての話をされ、感じることとの大切さを語った。

私は話に大変感動をして、講演が終了したときに井上さんのところに挨拶に行った。そして、

「私の父も日銀におりました。私の名前は寺山です」

と言ったところ、井上さんが

「寺山仙太郎さんですか！」

「そうです」

と私が答えたときの井上さんの驚きようは、尋常ではなかった。

「寺山さんは私の上司でした。そして、私のいろいろな行動を本当に心からバックアップしてくれました。ある意味では私の恩人です」

私こそ、その言葉でびっくりした。こんな場面でも父が私を守ってくれていると思った。

私はその場で井上さんに、他の場所でおこなっているという歎異抄の連続研究会の講座に参加させてもらえるようにお願いした。

月一回の講座であったが、今まではただ自己流で読んでいただけの歎異抄が、不思議な力を発して私の心の中に入ってきた。そして、この親鸞の教えがチェロのバイブレーションとともに、毎朝の日の出を見るときの私の支えになった。宗教の意識に没入した感動がもたら

す何かが、歎異抄の中にあった。

仏教をただ胡散臭《うさんくさ》い宗教としてみていた私が、目覚めた瞬間でもあった。

私はまず手当たりしだい宗教書を読んだ。どの宗教の経典にも素晴らしい学ぶべきことが、順序立てて書いてあり、そこからたくさんの真理を学んで、本当に得をした。宗教に対して偏見を持っていた自分が恥ずかしかった。

宗教の教えは、私の人生を徐々に豊かにしていった。そして宗教の意識の本質がよく分かると、自分の実生活にどんどん取り入れていった。井上さんの歎異抄入門の講座で感じたことは、宗教の創始者は皆だれも宗教人ではなかったこと。あらゆる宗派は、真理に到達するための入口であること。創始者のあとに続く人たちが、宗教に作り上げてしまったのではないかということだった。

この大きな気づきがきっかけとなり、私が講演の中で、「早く宗教の意識を身につけてみたらどうですか。その先にはスピリチュアルな意識の世界がありますよ」と語りかけることになった。

一方では、宗教にすがり、宗教の中にある言葉だけにおぼれたら、病気は治りにくいという私の信念が、そこから芽生えてきた。

法華経を学んだ宮沢賢治が「雨ニモマケズ」の詩を書いているが、その中に流れる真髄は法華経をはるかに超えていると感じた。ただ、「雨ニモマケズ」のなかには、「サウイフモノ

ニ　ワタシハナリタイ」と結び、願望の言葉で終わっている。まだその意識まで到らなかった賢治は、自身のことを素直な気持ちで表現しているのではないかと、私には感じられた。

毎朝、日の出を見ることを通して、宇宙における偉大な太陽の存在を感じ、宗教の意識を超えることができた私は、本当に自由なのだ、そのままでいいのだ、ということをつくづく感じた。そして今生きていることを本当に大切にしよう、そして自分を援助してくれている人たちに、心から「ありがとうございます」の感謝の念を忘れないようにしようと思った。

井上信一さんのおこなっていた歎異抄の入門講座から、本当に深い気づきを得て、宗教の真髄を学んだ。

第4章　マクロビオティックとの出会い

大塚晃志郎さん

発病する前の三年間、友人の勧めでヨガ教室に毎週参加していた。そのヨガ教室を主催していた人の年末パーティに来たのが、当時大学生の大塚晃志郎さんだった。手作りの名刺をくれたのがとても印象に残った。そして卒業後にオーケストラの指揮者であるU氏を支える会を通じて、いろいろと係わり合いを持った。

大塚さんは私の体調が悪くなったというのを聞いて、私の新宿の事務所に現れた。彼は私の顔を見るなり、

「寺山さん、腎臓が悪いですよ。しかも、右側の腎臓です」

と言ったのである。

ちょうどいろいろ大きな大学病院を訪れて診察を受けていたときだった。どの病院でも「異常なし」といわれていたので、その言葉はとても新鮮だった。そして、大塚さんの言葉の中に、何か心に迫るエネルギーを感じた。

一週間ぐらいしてまた訪ねてくれた時、彼は経絡の測定器を持ってきた。測定するプロー

ブを、手の指の先のつぼのところに一つずつ当てていっては、私の経絡に流れる電流を測定して、特別に作られた図表に、あたかも物理の実験を行なうようにデータを記入して、表のようなものを作っていった。

最初に顔を見ただけで、腎臓系が低下していることを言い当てた彼は、今回は経絡の測定図にグラフを描くことで、さらに明確にデータで示してくれたのである。そして、経絡のバランスの乱れという概念を用いて私を説得し、食事の摂り方が間違っていることを説明して、玄米菜食であるマクロビオティックという正しい食事、別名では正食という食事哲学を熱心に勧めてくれた。

事務所の中で横になれるところを見つけて、彼は〝手当て〟ということをしてくれた。背中にお灸をして、温かい刺激を与えた後に冷やすということを、何度も繰り返す方法だった。彼は、

「気をつけてください、危ないですよ」

という言葉を残して事務所を後にしたが、そのときの私には、脅しの言葉としか思えなかった。

バイタリティは肉で作られると信じていた私には、食事をする店を探す時も、最初に目につくのは肉が食べられるところかどうか、ということだった。そして、次の好物はうなぎの蒲焼だった。

玄米菜食などは貧相で、うさんくさいものとしか思えなかった。

その後、大塚さんは、生姜湿布、里芋パスタ、梅醤番茶などの作り方や説明を書いたパンフレットをコピーして送ってくれた。また、自宅にまで来て手当てをしてくれた。その都度、その時だけは気分がよくなって回復しても、またすぐ悪くなり、疲れやすいからだに戻ってしまった。

望診の勧め

とうとう入院してしまった。最後に手術する日が決まってしまっても、大塚さんはマクロビオティックの大家《たいか》に望診（人間の顔の色艶や、光り輝く様子から診断するという伝統的な診断の一つである）をしてもらってはどうかといってくれた。東北沢にあり、世界のマクロビオティックの中心的活動をしている日本ＣＩ協会で、毎月開催されているという大森英桜先生による健康相談会のことを教えてくれた。

望診の結果によっては、手術をしないほうがいいとまで大塚さんは言ってくれた。そこまで真剣に勧めてくれる大塚さんの熱意にほだされて、望診を受けることを決心した。

予約の日は、私の手術予定日の前日だった。

ところがどうしたことか、突如として三九度五分の高熱が出た。手術の直前だという理由から、医師の指示で外出が禁止となった。真理《しんり》に出会うチャンスがすぐそこまで来ているにもかかわらず、この大森英桜先生による望診を、手術前に受ける機会を失ってしまった。


さて、長い入院期間中のある日、彼が一冊の本を持って病室に現れた。

「もしも気が向いたら、読んでください」

と言って、置いていった。本の名前は、『食生活の革命児―桜沢如一の思想と生涯』（竹井出版）であった。そして、この本が、私の眼を食物の大切さに向けていくきっかけを与えてくれた。大塚さんは熱心なマクロビオティックの実践者で、病院を訪れるたびに、ゴマ塩を振りかけて海苔を巻いた玄米おにぎりをもってきてくれて、

「よく噛んで食べてください」

と言って置いていってくれた。

言われるままに良く噛んでみると、元気になる気がした。

しかし、手術後のとくに抗がん剤や放射線治療ですっかり体力が弱って食欲がなくなっていた時は、持参してくれた玄米のおにぎりを充分味わって食べることもできなかったため、マクロビオティックの重要性を心《しん》から認識する余裕もないまま病院生活が終わっていた。

現在の西洋医学の病院というところは、折角よいことを人から教えてもらっても、頭や心の中に深く入っていかないという環境なのかもしれない。

マクロビオティックを実践する

退院後すぐに彼は、またもや玄米おにぎりを持って、我が家に現れた。唾液の出ない私にとっては、玄米など食べられるはずがなかった。真理が目の前にあっても、受け入れる準備のない人間にとっては、馬耳東風のたとえの通りだった。

しかしこのマクロビオティックこそが、その後、私のがんの縮小とからだの回復に大きく役に立っていったのである。

退院後たべられるようになってきてからは、毎日の食事には徹底してマクロビオティック理論にもとづく玄米菜食を取り入れた。玄米菜食は、噛むことに大変労力が要る。何よりも、よく噛むことを実行した。さらに、食物を摂取する前に「いただきます」といって本当に食物に感謝した。すると唾液がよく出てきたのである。

唾液なくては、決して飲み込めないこともよく分かった。食物消化の上で唾液が大きな役目を果たしていることを身にしみて感じた。やがてからだ中にシミが現れ、汗をかくようになった。からだのなかの排毒が進んでいることを表わしていた。その結果として、血液がきれいになったのだろう。

体力がついて、少しずつ外を歩くことが可能になってきた。しかし、排毒をしすぎてしまったときには逆に疲れすぎてしまって、寝込んでしまったり、落ち込んでしまったりした。あたかも病状が悪化しているように見えたが、そのままにして、しばらく過ごしていたら、よくなっていくことが分かった。後にいわゆる好転反応というものであるということを人から聞いて、なるほどと納得した。湯あたりも、そのようなもののひとつである。

銭湯通いも日課となった。下の息子である星《せい》が学校から帰ると、私は必ず近所の銭湯に連れて行ってもらった。豊富な湯量の中でからだ全体が温まってくると、たくさん汗をかいた。しかし、入浴後は急速に疲労が襲ってきたので、必ず布団の中に入り、休むことにしていた。普通から考えると昼寝かもしれない。だがこの数時間の睡眠がスタミナの源となった。夜になって久美子が仕事から戻ってきたときに、起きあがって一緒に食事をすることができた。

食べものに向かって心から「いただきます」と声をかけて、からだ全体で食べ物に感謝をささげることを、日課として毎食続けた。早飯がモットーだった私にとって、食べ物をこれほどまでに良く噛み、感謝の気持ちで「いただきます」と声をかけたことは、今までの私の人生にはなかった。

玄米を食べることで血液が浄まってくると、それまでは便秘がちだったが、便通が正常になってきた。抗がん剤の後に放射線照射を続けていたときはひどい便秘が続き、食欲もなく、毎日がだるい日々の連続であったが、玄米食によってだるさもだんだんと和《やわ》らいでいくのが感じられていた。まさに薄紙をはがすがごとくの回復の道だった。

昨日の自分のからだは、今朝にはすでに良くなり癒されていることをしみじみと感じた。ただ、ただ、治っていくことへの感謝の念で胸がいっぱいになった。

玄米を胃にもたれないようにしっかりと噛んでいくことは、とてもエネルギーを要した。よく噛むことであごは疲れた。また胃に入った玄米が消化を始めると、いつも必ず急に眠くなって、布団の中にそのまま戻って寝てしまう生活だった。しかしこの努力で、腸の宿便も取れて血液が浄まっていったようだった。そして、少しずつ身体が温まってきてよく寝ることができるようになり、本当によく汗をかいた。

当時、この汗の臭いが強烈に家中に漂っていたのだろう。久美子が帰宅すると、まず部屋の窓を開けていた。

お風呂の効用

銭湯の湯船で気がついたことがあった。体調の良いときには、からだ中の毛穴から血液の汚れがガスとなって出てくるのであろう。毛穴から水玉のような泡となってからだ全体に吹き出てきて、その泡を手で掻《か》き分けるのが面白くてしょうがなかった。この泡を試験管で採取して分析したら、きっと興味あるデータが出るだろうと閃《ひらめ》いたが、自宅にはその設備も無く、友人に相談をしても、話に乗ってもらえなかった。しかし、毛穴から排毒が行なわれることを確かめた喜びは、将来きっと活かせそうだと思った。

からだからの排毒

ある日、人間のからだがすっぽり入る長方形のビニール袋を購入した。夜眠っているときに、どのくらいの汗がからだから出るかを測定するためであった。ビニール袋に布団を入れて重量をあらかじめ測定したのちに、その布団に入って眠った。翌朝起きると、再度ビニール袋の布団の全重量を測定し、前日の重量から引き算をして、夜寝ている最中にかいた汗の量を計った。

よく眠れた夜を過ごしたときには、約二キログラムの汗がからだから排泄されることを知った。頭が冴えてなかなか眠れなかったときは、数百グラムにしかならないことも分かった。

同時に自分の裸の体重をあらかじめ測定しておき、翌朝にまた体重を測定してみた。不思議にも体重はあまり変わっていなかった。頭の部分はビニール袋の外に出していたので、眠っている間に鼻から入る空気で、何かからだの中で生成されるものがあるのだろうか。体重が汗をかいた量ほどは減っていなかったのである。とても不思議な気持ちになった。この謎は未だ解けてはいないが、よく眠れた日ほど汗をかいていることが分かって、これがよく眠ることの大切さを示す事実だった。

いずれにしても、よく眠るということが病気回復にいかに大切であるかを、簡単な実験で確かめることができた。昔からよく言われてきた快食・快眠・快便という言葉が、まさに病気回復においてもっとも大切であることを感じた。

鎮痛剤というもの

退院直後、腫瘍があった肺の痛みが激しかったときには、夜はよく眠れなかったが、腫瘍の痛みのある部位に意識を集中して愛を送ると、眠ることができる程度に痛みが軽減された。

そうだとすると、科学的な実験によって作り上げた鎮痛剤とは、何なのだろうという疑問を持った。

鎮痛剤で痛みを麻痺させて、強制的に眠らせるような方法は、からだの回復を遅らせるだけでなく、服用後も薬のせいで気分が悪くなり、かえって回復を遅らせているのではなかろうか。

痛みというものは、自分のからだが、〝そこに愛を送りなさい〟と教えてくれているものだとはっきりと感じた。愛を送ることが、からだのなかにある自然治癒力を刺激して増してくれることに気がついた。

私は病気になる前、春と秋には必ずひどい風邪をひいていた。そのたびに市販の風邪薬を服用した。本調子のからだになるには日数がかかっていた。この風邪薬のために、ウイルスがからだから出て行くのが妨げられ、からだの回復が遅れているのではないかと感じた。だんだんとからだの血液がきれいになっていったとき、気がついたら私は風邪をひかない体質になっていた。

大森英桜先生の望診を受ける

退院後二カ月を過ぎて、大塚さんから再度、大森英桜先生の望診を受けてみないかと勧められた。久美子に話して五月末の日曜日に、東北沢の日本ＣＩ協会に行った。ここで開かれていた健康相談は、他の人たちが聞いているなかでの公開の相談会であった。一人に三〇分の時間が与えられた。

私の順番になった。あらかじめ病状の要点を書いて提出していた文章が、司会の人によって会場の人たちにも聞こえるような声で大森先生に報告された。

大森先生が「うん、うん」と頷《うなず》いていて、やがて私のところに近づくと、

「君はいい耳を持っている。これは内臓がしっかりしているんだ。しかしもったいないことをしたな。腎臓は手術して取っちゃったら二度と生えてこないからね。取らなくても十分

治ったのに。今の西洋医学は野蛮だからなぁ」
と言った。
「そうだったのか」
この言葉を聞いて、私の心の内に眠っていた直感と智慧が合致した。

大森先生は、西洋医学の悪い点や欠けている点を指摘した。そして、医師をこっぴどく批判した。初めて聞く話で、私はとても痛快に思ったが、久美子はちょっとイヤな顔をして仕方なく聞いていた。望診のあとで、助手の人がマクロビオティックの食事による食箋を書いて渡してくれた。そして三〇分間の公開の健康相談は終了した。

その時の私の体力では阿佐ヶ谷の自宅から東北沢まで行くことでさえ、とても難儀なことであった。さらに、三〇分の健康相談に大変緊張したので、その後はとても疲れてしまい、人目につかないところで、床に寝かせてもらって、他の人の相談を聞いていた。

しばらく会場に寝転んで休んでから、久美子と自宅まで戻った。そして、これからの食事の改善する点について話し合って、布団の中にもぐりこんだ。

手術をする前に大塚さんが、望診による健康相談をなぜ熱心に勧めてくれたのかがわかり、感謝の気持ちでいっぱいになった。

とにかく手術はしてしまったし、抗がん剤と放射線による治療でからだはガタガタになってしまった。根本治療である血液をきれいにすることを少しもしない西洋医学は抜け穴だらけで、やがて腫瘍を他の部位にも転移させてしまうようなからだになってしまった。しかし、この望診による健康相談会で、今まで疑問に思っていたことが見事に解決されて、なんとか食事改善によって、からだを回復させていこうと心に誓った。

正食医学講座

六月になってから、大塚さんの強い勧めもあり、大森先生が毎月行なっていた正食医学講座の連続講義に、途中から参加した。どうしてもマクロビオティックの真髄を学びたいと思ったからである。

七月に入ると、大塚さんはインドに長期間出かけてしまい、一年以上も帰国しなかった。私は自分でマクロビオティックの真髄を学び、実行しなければならなくなった。正直言って心細かったが、心の内にやる気が燃えているのを感じた。

やがてこのマクロビオティックという考え方の基本をしっかりと身に付けていくにつれ、この方法がからだを健康に保つためのもっとも深い哲学であり、西洋医学がまったく取り入れていない分野であることに気がついた。

今の西洋医学には、食事でがんを治すなどという考えは全く無いように思えた。それは現在の日本に強制的に取り入れられた、健康保険制度の枠の外にあることだったからでもある。

　正食医学講座を終わりまで受講する中で、副読本として桜沢如一の書いたたくさんの本を次々と熱心に読んでいった。大森先生の教えてくれたすべての言葉が、みな生きてからだの中に入っていった。そして、陰と陽という考えに基づき、身土不二《しんどふじ》、一物全体《いちぶつぜんたい》による食事の摂り方は、その後の私の健康を維持するための食事としてからだにしっかりとしみ付いていった。

「身土不二」とは、「人と土は一体であり、分けることができないものである」「人の命と健康は食べ物で支えられ、食べ物は土が育てる。故に、人の命と健康はその土と共にある」という意味であった。

「一物全体」とは、「一つのものを丸ごと食べる」という意味である。食べ物を含むあらゆるものは、周りから様々な影響を受けて存在し、それ自体が全体として調和している。穀物はなるべく精白していない玄米で、野菜は皮も根も捨てずにすべてを食べるという考えだった。

智慧と知識

　私の周囲を見ると、この真理に気がついていない人たちがなんと多いことだろう。一方では、あまりにも多くのマクロビオティックの知識を頭に蓄積したために、融通の利かなくなってしまった人たちを見た。この人たちは、マクロビオティックの智慧を活かすことができないのではないかとさえ思えて、とても悲しい気持ちになった。マクロビオティックの真髄に近づくにつれて、知識と智慧の関係が、非常に明瞭になっていった。知識とは、個々の情報がつながっておらずバラバラであり、隙間だらけである。戦後、智慧が知恵という字に置き換えられたために、高等教育を受け知識を積んでいけば、智慧に到達するという思い込みが浸透したような気がする。学問を積めば智慧に到達すると思う人たちがたくさん増えてきているが、智慧は決してそうではない。智慧とは、すべてが一体であり、つながっているものであることを私は感じ始めていた。

座禅の体験

私が三〇歳ころから、埼玉県の志木にある平林寺でよく座禅をした。そのときに、

「頭をグラグラするな。揺れてるぞ」

と若い坊主に大声で怒鳴られた。

そのことを老師との対話のときに質問してみたら、老師は、

「無になることじゃ。断食をしてみなさい。なにか気がつくことがあるはずだよ」

と言ってくれたことを思い出した。

智慧とは、頭の中が無にならないと生じないのであろうと感じた。このときの気づきは、

その後がんの自然治癒を実践していく中で、大変役に立った。そして無とは、ありがたいという感謝の心に通じるのではないだろうかとさえ感じた。今まで自分が勉強するときに行なっていた記憶する手法は、ことによると間違った方法じゃないかという気持ちになってきた。

自分の中で、〝感じる〟という感覚が少しずつ深まりをみせるにつれて、日の出を見ながら唱える「雨ニモマケズ」の言葉の一つひとつが、以前よりさらに深く、私の心を感動させていった。

マクロビオティックこそ、がんになりにくいからだ作りの基本であると自分なりに自信が持てたのも、一度に色々なことが分かったのではなく、このように一歩ずつ感じることが深まっていくプロセスがあったからだった。

少しずつではあるが、悟りの道に一歩ずつ自分が入り込んでいるかもしれないことを、からだ全体で感じていた。

指圧の効用

手術前に頻繁に指圧に通っていた。肩や首が凝っていたからであった。

手術後ほぼ一年が経って、だんだん自分で自由に歩けるようになると、また指圧に行ってみようと思った。

指圧を久しぶりに受けたあと、私は気を失ったようになって治療室の布団で眠ってしまった。からだに残っていた悪い所を指圧で押し出してくれたために、その悪い血がからだ中を駆け巡ったのであろう。

数時間を指圧院で眠ったあとは、頭がとても冴《さ》えていた。指圧の素晴らしい効果を改めて知った。それ以後も指圧に通った。毎日の生活で悪い血が溜まって凝った場所が、指圧でおされることで血液が流れるようになって、見事にやわらかくなった。

がんから癒えていく道のりが、穂高養生園と結びつけ、フィンドホーンの旅へとつながり、そしてとうとう私のがんは影を消してしまうことになった。

第５章　穂高養生園に通う

福田俊作さん

一九八五年七月の、初夏の蒸し暑い日だった。福田俊作さんが私の家を訪れた。福田さんは私と同じ早稲田大学を卒業したということだった。

学生時代に自転車で世界一周旅行を試みたり、また、チベットに行ったりした経験があった。帰国したあとは、大阪で鍼灸学校に通い鍼灸の技術を習得して、今は大町市や長野市の近くで鍼灸の仕事をしているということであった。

信州には、私が病気になる前に家族全員でよく夏を過ごしていた、美麻遊学舎《みあさゆうがくしゃ》という施設があった。この場所を経営する吉田比等志《ひとし》さんから私のことを紹介されたということであった。彼は吉田さんの近くに住んでいるといった。

山がとりわけ好きな私にとって、信州はふるさとのような所でもあり、信州の人には特に懐《なつ》かしい感じを持っていた。

福田さんはいくつかの新聞からの自分のスクラップ記事を持参し、がんのような難病の人たちを専門に癒す、今までにない新しいタイプの施設を作る計画を進めていきたいと言い、図面もすでにでき上がっているということを、とても熱心に語ってくれた。

その施設を一九八六年夏にはスタートしたいので、今資金をどのように調達するかでいろいろな人たちを訪ねているところだと語った。施設で出す食事はマクロビオティックがベースになると言った。

私はマクロビオティックの原理原則を忠実に守りながら食事を摂《と》っていたので、福田さんの話に深く感銘した。

しかし残念ながら、私は一年半以上の長期間にわたる闘病生活を送っていて、貯金通帳にはほとんどわずかしか残っていない状態だった。彼の資金調達の要望には応じられないと断わったものの、いざ施設がスタートするときには喜んで通い、また、私の専門とする経営指導で役に立つことができるのではないかと答えた。

秋口になり、涼しくなって天候が落ち着いてきたころに、福田さんが、

「信州の私の自宅にいらっしゃいませんか?」

と声をかけてくれた。

当時のからだの状態では、長時間を列車に乗って旅をすることに自信がなかった。しか

し、なぜかその誘いを喜んで受け入れ、信州まで私の大切な薬にもなっていたチェロを持って旅をした。

私のからだの状況には、それはとても考えられないくらいの長い旅だった。

新宿から特急に乗り、松本で乗り換え、明科駅で下車した。出迎えてくれた福田さんの車に乗せられて彼の自宅に着いたときには、自宅を出てからすでに四時間以上が経過していたので、とても疲れてしまったが、自然の樹木に囲まれた環境の中の空気のおいしさに驚き、そして、旅の疲れの回復するのもなんと早いことかと驚いた。

福田さんは元郵便局の廃屋となった建物を借りて、奥さんと息子さん二人の四人で住んでいた。訪れてからすぐに二人の息子さんと仲良くなった。長男の天人《てんじん》君がさっそく散歩に誘ってくれた。葉の落ちた秋の終わりの道を川沿いに歩きながら、空気のおいしいことにからだ全体で感動し、何度も深呼吸をした。


夜になると、なんと福田さんがキッチンに立ち、食事を作っているではないか。母から「男子厨房に入るべからず」と小さいころからしつけられ、耳にタコが出きるくらい言われ続けて、結婚後もほとんどキッチンに入って料理をしたことのなかった私には、奥さんがいるのにご主人が料理をするということが大変な驚きであり、とても新鮮な風景だった。そして、でき上がった料理は、本物のマクロビオティック料理であった。とてもおいしかった。

その夜、彼は翌年建設予定の穂高養生園という施設の図面を私の前に広げ、開設後はどのように機能するかを教えてくれた。とても素晴らしい企画だと思った。そして彼は、

「明日にでも建設予定地まで見に行きませんか？」

と誘ってくれた。

彼の家から車で約四〇分ほどかかるその場所は、穂高町から穂高温泉郷を越えてさらに山道を登り、北アルプス表銀座の登山口の一つ、中房温泉に通じる山道の脇にあった。標高約七五〇メートルのところに一〇〇〇坪近くの土地を得て、施設には温泉も引き込むということだった。

中房温泉から登山する燕岳《つばくろだけ》は、私が高校一年生だった一九五一年に初めて登った北アルプスの山であった。施設の建設予定地は、そのとき小さなバスに揺られて通っていった懐かしい道の脇にあった。

場所を見学して、素晴らしい施設になるだろうと容易に想像できた。そしてこの施設ができ上がったら、多くの人に知ってもらうために自分ができることはしよう、と決心した。後に何十回も通い、自分のがんがこの場所で癒されることになろうとは、そのときにはまった

く思いもしなかった。

最初はただ山に囲まれた信州に来たかった、というのが私の本心であった。

学生から社会に出ていく東芝の入社試験のとき、私は面接で、

「寺山から山を取ったら寺しか残らない。そのときには使い物にならなくなっていると思ってください。登山のために休暇を取りますので、どうぞよろしく」

と人事課長に答えたことを思い出した。

入社してしばらくの間は山登りに熱中して続けていたが、結婚をして、仕事の重要性と忙しさについまぎれて、いつの間にか山に行くことをすっかり忘れてしまっていた。

信州に福田さんを訪問して、山の新鮮な空気には素晴らしい癒しの力があることを心から感じた。

数日間を山に囲まれた空気の中で過ごし、元気を少し回復して東京に戻った。

そして信州の福田さんの家族と縁ができたことを、とてもうれしく思った。

穂高養生園がスタートする

一九八六年八月下旬に穂高養生園が開園した。

九月に入ってからまもなく、初めて穂高養生園を訪れた。病後二度目のチェロを持っての

大旅行だった。穂高の駅には福田さんが車で出迎えてくれた。約一〇分ばかりの時間であったが、ようやく穂高養生園に到着して玄関に入ると、急に疲れが出たのか、食堂兼ホールの部屋に荷物を置くと、そのままそこで寝てしまった。福田さんがからだにそっと毛布をかけてくれた。

ぐっすり一時間ほど眠っただろう。自宅での寝起きとは大違いで、鼻から吸う空気のなんとおいしいこと、おいしいこと。

ポットに用意されていた三年番茶を飲んでから、外に出て少し歩いてみた。筋肉が弱くなってしまった私には、わずかな傾斜のある山道でもきつく、からだにこたえた。一五〇メートルばかり養生園の前の道を登って行っただけで、もう疲れてしまい、その場所にしばらくしゃがみこんでしまった。しかし、そこまで歩くことができたという感激のほうが大きかった。

養生園に戻ってきて、しばらく休んでから温泉に入ってからだを温めた。福田さんが、

「ゲルマニウム温浴をやってみますか?」

と言ってくれた。

私にとってははじめて聞く治療法だったが、なんでも新しい物好きの私は、すぐさま納得してその話に乗った。有機ゲルマニウムを水に溶かして温めたお湯のなかで、手と足を約二〇分間温めるという方法だった。

右腎臓の摘出手術後は、右側の手と足の温度が左側に比較して、明らかに低下していることを良く知っていた。このゲルマニウム温浴は、特に冷えやすい右側の手と足も温めることができ、汗がたくさん出てきた。

汗をかいた後で大変心地よくなり、かつ体力をあまり消耗しないという点でも、とても優れた排毒法であると思った。

大量の汗を久しぶりにかいた。本当にすばらしい方法だと思った。止まらないくらいの汗がからだ中からどんどん出て、もう一度温泉に飛び込んだ。温泉の後は、新鮮な空気がさらにおいしく、とても気持ちがよくなった。

少し疲れたので、そのあと夕方まで布団に入って寝た。驚いたのはその後の寝覚めの良さであった。からだの中の不要なものを毛穴から出すということが、これほどまで効果のあるものかと感動した。

サウナよりもからだの負担が少なく発汗できて、後に疲れがでないので、からだの奥から癒されるという感じがした。

ゲルマニウムという物質は、学生時代から研究室でよく扱っていた材料で、また東芝に入社してからも、半導体素子の製造の主要材料として用いていたため、大変よく分かっている無機の物質であったが、有機ゲルマニウムというのがからだをこれほど活性化してくれるとは思ってもみなかった。

ゲルマニウム温浴について書かれた本が養生園に置いてあった。早速その本を読み、絶大な効果があることを知って、ますますゲルマニウム温浴のとりこになってしまった。翌日から早速とりいれて、運動をした後はゲルマニウム温浴をすることを繰り返していった。疲れが容易に吹き飛んだ。

その晩だった。福田さんが、

「夕食をしながら、ちょっと話しませんか」

と言ってくれた。そして、

「寺山さんは自然治癒力を信じますか」

と、私に尋ねた。

すでに何度も自然治癒力という言葉は本で読み、自分でも使い、頭では分かっていたつもりではあったが、そのことを福田さんから尋ねられた瞬間に、自然治癒力のすべてを悟ったという感じがした。

「自然治癒力」が穂高養生園の環境にある、きれいな空気、きれいな水、からだによい食事と相まって、私の中に天の啓示のごとく入り込んでからだ中を駆け巡ったからである。

福田さんは、さらに続けて語ってくれた。

「誤った食事、運動不足、ストレスなどは病気の原因になるばかりか、自然治癒力をも低下させてしまいます」

この話は特に心にしみ込んだ。自分の病気は自分で作ったのだという事実をすでに感じていたときであり、自然治癒力さえ高まれば、病気も自然に治っていくということを、福田さんとの会話で体得した瞬間でもあった。


穂高養生園での養生がいよいよはじまった。

福田さんが「朝の散歩に行きましょう」と声をかけてくれ、私を外に連れ出した。結果として私は四キロの山道を歩かされた。

散歩と言っても、それはすごい早足の散歩だった。さらに、長身の福田さんと、一〇センチ以上も身長が低い私とは歩幅も違うため、かなり早く歩かねばならなかった。

体力の限りを尽くして、この過酷な散歩に参加した。トレーニングで汗をかいたあとで飛び込んだ温泉の何と素晴しかったこと。この醍醐味《だいごみ》に、穂高養生園の持つ素晴しさに感動するようになっていった。

それ以来、私は毎月一週間から一〇日間をここで過ごすことにした。

穂高養生園には、きれいな空気、清浄な水、さらにからだを温める温泉があり、からだの中に毒素を作りにくいマクロビオティック料理で、その土地にできた季節の食事を食べるという癒される条件が全てそろっていた。

朝食の前に行なわれる約一時間のヨガ、とてもきつい約二時間の散歩は、血流を高め、そして疲れたからだを温泉で温めて発汗して回復するこのシステムが、とても素晴しいと思った。さらに、希望によって鍼灸の治療や発汗を促すゲルマニウム温浴を受けることができる、この穂高養生園に出会えたことに心から感謝した。

穂高養生園から歩いて五分ぐらいのところに有明山神社があり、私はここに毎日お参りした。拝殿の上からぶら下がっている鈴を振ると、やはりからだについた何かが祓《はら》われるようで、背中が軽くなり楽になることを体験した。

実は私は穂高養生園を訪れるときには、いつも必ずチェロを持参した。木造建ての中でチェロを弾くと、チェロの音が木材の建物に本当に浸《し》みこんでいき、また反響し、からだの中の細胞の一つひとつにバイブレーションを与えてからだを癒してくれたからである。この微妙なエネルギーをなんと表現してよいかわからなかったが、チェロの音色と自らチェロを弾くということが、からだを癒してくれたことは事実であった。

毎朝日の出の前に起きて太陽の見える場所まで行き、日の出を見ながら宮沢賢治の「雨ニモマケズ」を唱えていたときに、その中の一部分の意味に気づいて、大変驚いた。

そうだったのか。


一日ニ玄米四合ト味噌ト少シノ野菜ヲタベ……

野原ノ松ノ林ノ蔭ノ小サナ萱《かや》ブキノ小屋ニヰテ……

南ニ死ニサウナ人アレバ　行ッテコハガラナクテモイ、トイヒ

穂高養生園の食事は、この土地で作られた無農薬玄米と野菜でできていて、この食事を感謝しながら、しっかりと噛んでよく食べた。四合というのは戦前の食事量であり腹八分目を意味していることに気がついた。いまどき一日にお米を五合食べる人は少ないが、私の若いころは一日に五合をわずかなおかずで食べていたからよく分かった。そして感謝をして食べていたときに、自然とよく涙が出てきた。

松の林の陰にある木造建ての穂高養生園は、木材が発生するエネルギーがとても高くて清らかで「雨ニモマケズ」の詩そのものであった。松の葉の出すエネルギーで囲まれ、また宇

宙から来る地球の磁力線が、木造建てのためそのまま減衰しないでからだの中に入り、血液の中のヘモグロビンである鉄分を磁化することで酸素の運搬量が増加し、疲労回復が早く、肩などが凝りにくいということを見つけた。東京のマンション暮らしをしている私にとっては、その差をとても大きく感じた。

このころには、私はすでに死を不安に思って避けたいという気持ちはすっかりなくなっており、今生きているということを心から感謝するようになっていたので、ただこの素晴らしい場所に来ることができて楽しくてしょうがなくて、いま生きているこの瞬間を感謝しながら味わっていた。

まさに、穂高養生園は、自然治癒力の衰えたからだを根本から少しずつ良い方向に変えてしまうという、癒しには最高の場所であると感じた。このような環境で、持参したチェロを練習することができたことによって、チェロの音で自分のからだの細胞の全てを振動させることができ、排毒作用がさらに促進され、からだの中に長い間かけて蓄えられていた毒素は出てしまったようだった。

きのこ採りに参加する

十月に入ったばかりのある日の朝、福田さんから誘われた。素晴らしい秋晴れの日の散歩の後だった。

「この土地のきのこ採りの名人がきのこ狩りに行くというのですが、寺山さんも行きませんか」

養生園のすぐ近くの山にでも行くものと思い、私は簡単に同意した。

翌日の朝早く、七〇歳を過ぎているとおもわれる老人が、きのこを入れる籠《かご》をもって現れた。養生園から車で行くという。

「え？　どこまで行くのですか」

と聞くと、

「うん、ちょっと白馬のほうへ」

福田さんの車に乗り、総勢四名が穂高養生園を出発した。

約二時間かけて車は信濃四谷を経て猿倉《さるくら》を通り、細い山道へ入っていった。私が昔リュックザックを背負って登っていった道だった。まもなくして白馬に登っていく道のほとりに車を停め、全員が車から降りた。その老人は、

「じゃあ、このあたりから、ちょっと川へ降りますか？」

「え？　何をするんですか？」

「いや、きのこのある場所に行くんだよ」

初秋の白馬、すでに標高一〇〇〇メートルを越えたところは結構寒かった。藪《やぶ》の中をかき分けて川に向かい、まず下降をはじめて川のほとりへ出た。さらにしばらく川に沿って歩き、次に、また藪こぎをしながら登り、次の支流の川と出会って丸木橋を渡った。さらに対岸を、支流に沿って歩いた。

しばらく歩いた所で、また川を渡った。川は深いところでは腿《もも》くらいまであるようであった。ほかの人たちはそのままおじいさんについていった。私は足元に流れる水の中に山靴をはいた足で入り、滑らぬようにゆっくりと岩を選びながら、少しずつ水の中を歩いていった。水があまりにも冷たいために途中で足がつってしまい、川の強い水流で倒れそうになってしまった。すでに向こう岸にわたり終えた福田さんが、見るに見かねて私のところに来てくれて、

「私の背中に乗っかってください」

といって、背負ってくれた。

その川を渡り終えたところで、すぐ近くにきのこのたくさんある場所があると信じていた。しかし、それからが大変だった。その支流をさかのぼり、沢登りで小さな滝をいくつか越えた後で、また別の支流に入っていった。もうそこは、藪また藪の道で、最後は岩登りそのものであった。

学生のころによく登っていた丹沢や奥多摩の沢登りを思い出し、登る興奮とともに、恐怖感までも感じていた。

約一時間半歩いたところで、

「もうちょっとですよ」

とおじいさんは言った。

さらに急峻《きゅうしゅん》ながけの斜面を横切って歩き、最後の所では、腕力を用いてからだを持ちあげた。

やがて私たちは窪地《くぼち》のような平坦なところに出た。周りはうっそうと木が茂り、ちょっとした湿原帯でもあった。大きな木が何本か倒れていた。

「ここです」

ようやくたどり着いた聖地ともいうべき場所を前にして、静かにおじいさんは声を出した。

よく見ると、なめこが倒れた木一面に生えていた。自分の人生でこれほどまできのこが群生しているのを見たことがなかった。

私には正直なところ、もうすでにきのこを採ろうとする体力は残っていなかった。しばらく皆の動きを眺《なが》めていると、名人のおじいさんはきのこ採りの籠に、栗のような色に輝いたなめこをどんどんと採っていくではないか。

またこんなことをみんなに言った。

「全部とっちゃいかんよ。間引け。そして、来年が必ずあるようにしておくんだ。今の商社のやつらときちゃ、全部とって行ってしまう。この場所を、俺が一生誰にも教えんで守っていくんで、教えたのはあんたたちが初めてだ」

と心の底から出てくる叫び声のような声で、皆に諭《さと》すようにいってくれた言葉にはすごみを感じた。

やがて疲れた足をさすりながら、私も少しずつ採り始めた。

皆は二〇キロから三〇キロは採ったと思う。やがて三〇分ほど経過したと思うころに、名人が叫んだ。

「さあ、このあたりで食事をしてから降りよう」

それから食事をして、やがて冷えたからだでこの場所から降りる作業が始まった。

幸い私は、せいぜい二キロぐらいしか採っていなかったので、荷物の重さはそれほど負担ではなかったが、登り以上に急な下りには、大変な注意が必要だった。

また嫌な川を渡渉《としょう》して対岸に渡るところにきたころは、午後になったためか水量が増えていた。私はその場所をとても越えられないと思っていたときに、福田さんが来て、

「私の背中に乗ってください」

とまた言ってくれた。助かったと思った。それから車の置いてある場所まで無口になって皆はただ歩いた。

ようやく車に戻ったときには、すでに午後三時を回っていた。冷たい雨がシトシトと降る中で車にたどり着き、私は後部座席に座り、やがて疲れ果てて死人のように眠りこけた。

秋の日のつるべ落としといわれるくらいに日の入りが早くなって、周りはすでに暗く、夕方五時半を少し過ぎたころに穂高養生園に帰り着いた。

私は玄関に入り靴を脱いだ後は、玄関のフロアに横になってしまった。福田さんが、毛布を二枚持ってきてかけてくれた。

きのこ採りの名人の老人に「ありがとうございました」のお礼の言葉をかけることもできなかった。

一時間くらい寝ていただろう。

「夕食を食べますか？」

その日の少し遅い夕食は、うどんだった。おなかがとてもすいていて、格別においしかった。食事の後で痛む足を引きずりながら這《は》うようにして温泉に入った後は、もう布団にもぐりこむのが精一杯だった。

そのとき私は、ちょっと病気の悪化を心配した。

翌朝起きてみると、からだ中が痛かったが、不思議にもからだにエネルギーがみなぎっていることを感じた。私には死の行軍とも思えるような険しい山道を歩かされ、川の冷たい水の中を渡渉《としょう》しながら、死ぬかもしれないと思ったくらい体力を消耗していたはずが、清浄な空気や、汚染されていない水、そして、新鮮な森林の緑が、からだ全体に新たなるエネルギーの蓄積をしてくれたのであろう。

私は福田さんがきのこ採りに誘ってくれたことに深い感謝をするとともに、きのこ採りの名人の老人にも、感謝の念でいっぱいだった。

おじいさんは、だからこそ、あれだけ元気なのかもしれないと思った。

穂高養生園のヨガ

福田俊作さんが指導するヨガは一風変わっていた。静かな語りで詳しい説明はほとんどしない。ポーズを直してもくれないし、注意も与えない。ただ淡々と、ヨガのポーズが進んでいくのである。

病気の前に学んでいたヨガの先生とは、極端に反対の方法だった。

穂高養生園という、自然の優れた環境に囲まれた中で行なう静かなヨガだったからこそ、からだが自然に癒されていくということを味わうことができ、心の成長が促され、精神面での深いくつろぎがヨガで達成されていくことができたのであろう。いつのまにか病人であるという意識から抜け出している自分に気がついた。

長い間、朝から晩まで寝巻き姿でいた私の姿からは想像もつかない大きな飛躍であった。

この場所でのヨガは、私を意識の高いところへと導いていってくれた。

朝のヨガの後では、いつも私は静かな深い心の落ち着きをとりもどし、座禅をしていた。

その時、自分が自分であり、自分ではなく、自然と一体であるという充実感を得て、時には遠く空を飛ぶトンビに、いつの間にか自分の意識が飛んで行き、瞬間、空から養生園を眺《なが》めているといった気持ちになった体験が何度もあった。ふとわれに返ったとき、この体験はいったい何なのだろうと思った。

現代のがんの治療法

穂高養生園で生活をしていくうちに、心のなかに芽生えてきたことは、現代医学のがんに対する治療法への不信感であった。

病院では悪化の一途をたどったが、穂高養生園では薬を使ったり手術をするという療法は一切なしで、からだが徐々に回復していったではないか。

手術、抗がん剤、放射線照射という方法は私に大きなダメージを与えた。しかし、穂高養生園の生活は、ただ自然と一体になるだけで、病いが癒されていく。そう思うと、現代の医学はある種、野蛮としか思えなくなった。

自分の作り出したがんは、自分のからだの一部であり、自然治癒力さえ高めていけば、やがてがんも正常な細胞になってくるという確信をますます強く持つに至り、自分のがんがすこしずつ縮小していくにつれ、これはひとつの治癒の方法であると思えるとともに、これこそ真実の正しい癒しの方法であるという想いが、自分の中に高まっていった。

その後、養生園で、乳がんになって右側の乳房を手術ですべて切除してしまった傷跡を私に見せてくれた女性に出会ったとき、私はさらに、この野蛮な手術による方法をやめさせたいという気持ちに駆られていった。また一方では、実際にがんの摘出手術を断わり、自分で自分のつくったがんに責任をとって治してしまったという、賢く勇ましい女性と出会い、自然治癒力ががんを治してしまったという、事実を見せられると、現代の西洋医学はいったい何をしているのだろうと、悲しさとともに怒りがこみ上げてきた。

私は右腎臓を失ってしまった。時によると摘出手術をしないでも治すことができたのではないだろうか。ますますこの疑念を深めていくにつれ、自分が受けた治療を振り返ってみた。

抗がん剤の二週間にわたる静脈注射で感じた副作用のつらさは、体験した人でなければわからないと思った。頭髪が抜けるまでの何ともいえないけだるさとつらさ、そして無精髭《ぶしょうひげ》が一夜にして白くなってしまったというこの事実。抗がん剤こそ、血液が栄養分を運びにくくする薬であるということに気づいた。抗がん剤の注射中は、爪がのびるのをやめ、線状の模様のしわが爪に残った。抗がん剤は爪の成長さえも止めてしまったのである。

中国では毛髪のことを血餘《けつよ》というそうだが、血液が栄養分をすべて運んでいるという当たり前の真理にますます気がついていくと、血液をからだから抜き採っていく検査さえも極力避けたいと思うようになった。

街頭で献血の協力を叫んでいる人たちを見たとき、この人たちは今の西洋医学の悪さを本当にわかっているのだろうかとさえ思ってしまい、目を伏せて前を通り過ぎた。現実として私には困っている人たちにわけるだけの充分な血はなかったが、この献血された血液が、現代医学の手術に不可欠になってきているということを深く感じた。言うに言われぬ怒りと悲しみがこみ上げて、涙がこぼれ出た。事実、私は手術の前に、どうか輸血はしないでほしい、と頼んだことを思い出した。そして私には輸血がおこなわれなかった。

放射線療法を見てみると、良い細胞も悪い細胞も隔てなく破壊してしまうということが、いまの西洋の考え方をそのまま見せてくれていることに気がついた。放射線科の医師の顔を見るたびに、この人たちを穂高養生園につれてきたら、自分たちの仕事が間違っていると、深く反省してくれるかもしれないとさえ思った。放射線を三〇回、からだの腎臓部分の前と後ろから照射した部分は、約二年間も黒々と跡が残り、内部まで固くなってしまっていて、なかなか柔らかくならなかったことが思い出された。

穂高養生園の滞在で、からだが徐々に回復していった体験を通して、自分のがんは治るということを感じた。からだで感じると感度が上がり、自然治癒力が存在していることを自分に判らせる結果になった。そしてこの体験が日本ホリスティック医学協会設立のきっかけになった。

ケイト・ラヴィノヴィッツさん

養生園に通い始めたころ、ヨガのインストラクターでスタッフの仕事もしていたアメリカ人女性がいた。ユダヤ系アメリカ人のケイト・ラヴィノヴィッツさんである。

彼女はシアトルで大学を卒業してから何年か社長秘書の仕事をしていたが、亡くなったおばあさんの遺言によって、かなりの金額の遺産が転がり込んだことから、自分の勤めていた仕事を辞め、まず遺産の九〇パーセントを投資信託会社に預け、残りの一〇パーセントを使って自分の勉強と成長のために、世界の旅に出かける計画をして、最初の訪問国である日本へやってきた。

日本に来て最初に滞在したのが、前述の美麻遊学舎《みあさゆうがくしゃ》でのスタッフとしての仕事だった。夏のシーズンも終わり、穂高養生園の福田俊作さんと出会う縁があって、ヨガもできるということからスタッフとして養生園で働いていた。毎朝のヨガの時間に福田さんに代わって指導する若いケイトはすごく新鮮で、私は何か惹《ひ》かれるものを感じた。

ケイトは私が経営コンサルタントだということを知って、穂高養生園のこれからの経営についていて感じていたことを私に語り始めた。私が英語に堪能でないことを彼女は知ってか、ゆっくりとした口調で何度も説明してくれているうちに、私はつたない英会話力を高めようという気持ちになった。

そして養生園の滞在中は、いつも彼女の暇な時間を見つけては、私から積極的に日本文化を紹介しようとして、いろいろとオリエンテーションを試みた。

そのようなある日、彼女が私に強く訴えてきた。

自分は大学ではＰＲ学科で学んだので、今の穂高養生園の広告宣伝方法が不足していることを非常に強く感じる。なぜこんなすばらしいところに人が来ないのかと、福田さんに言ったが、福田さんは黙っていたとのこと。福田さんには、立派な施設を世の中に知らしめる方法が必要だと彼女は考えていて、そのプランを実現していくために、私に協力を求めてきた。

現実問題として、お客がほとんど来ないために借金だらけの穂高養生園には、チラシを作るお金もなく、どこから手をつけたらいいか分からないようだった。

ケイトと話をしているうちに、彼女が日本へ来るきっかけになった英語の無料情報誌が東京にあると言い出した。「東京ジャーナル」というのが情報誌の名前であった。私は途端に、

「うん、その線、いいじゃないの」

とケイトに言ってあげたところ、ケイトはにっこり笑って、

「私やってみるわ」

と言い出した。さて英語を書くにもタイプライターが必要だという。

しばらく使っていなかった、イタリア製の英文タイプライターが自宅にあった。

「僕の英文タイプライター、貸してあげますよ。それを使って、ちょっといろいろやってみない？」

ケイトがまもなく東京にやって来たときに、私はケイトに約束どおり英文タイプライターを貸してあげると、彼女は喜んで養生園に持ち帰った。

次に私が穂高養生園に行ったときには、ケイトと一緒に文面を考え、もちろん英文で東京ジャーナルの編集長宛に、お願いの文章と穂高養生園の紹介記事を徹夜して書きあげて送った。

やがて東京ジャーナルに記事が掲載されると、その反応はすごかった。

平日はほとんど私一人が客だったのが、金曜日の夜から東京近辺に住んでいる外国人の人たちが集まり始めたのである。

穂高養生園の初期は、英語を話す外国人でにぎわった。福田さんは大変流暢に英語を話していた。学生時代に海外を自転車旅行で世界一周をしたからであろう。私はとてもうらやましかった。

穂高温泉郷に外国人が来ることは非常に少なかった時代、穂高近辺の人たちにとっては、外国人は異様な姿に映ったのだろう。

福田さんのひとみは、私が見てもすこし青みがかって見える。地元の人とはなじみの薄い福田さんを、「穂高の異人さん」というニックネームをつけて呼んだ。

穂高養生園でヨガの講習会が行なわれた。アイエンガー・ヨガというケイトの得意とするヨガのワークショップで、当初はほとんど毎週末に行なわれ、その後頻繁に開かれるようになっていった。英語のあまり分からない私も、時にはその講習会に臨時で首を突っ込ませてもらい、英語によるヨガを体験してみた。

からだに無理を与えないで、補助具としてベルトを使って行なうアイエンガー・ヨガは、からだの固い外国人にはとても向いているとそのときに思った。特に病気中の私にとってはからだに無理がかからないので、とてもおこないやすく、面白かった。

ケイトの発案で始めたPR作戦が、いろいろな面で功を奏して見事に実っていった。地元のお医者さんの一人、安曇野病院の精神科医師である栗本藤基先生が、足しげくヨガに参加するようになり、栗本先生の奥さんも生徒として加わりはじめた。またケイトの英会話教室も始まった。ケイトは教えるのがうまいということで評判になり、穂高養生園だけでなく、地元の穂高町でも英会話教室で教えるようになっていった。

ケイトとの別れ

春になり、半年近くの穂高養生園の滞在を終えたケイトが、養生園を去っていった。次の訪問地であるインドを訪れるということだった。

私は何か心の中にあった太陽が突如として消えてしまったような、何といってよいか分からぬ空虚な気持ちを感じた。

何か代わりになることをさがさないと、穂高養生園を訪れる張り合いが低下して、気持ちが滅入《めい》ってしまうので、自分なりにエネルギーをつぎ込む新しいことを見つけようとしていた。それがマラソンであった。

栗本藤基先生は、日曜日の朝七時頃来ると、穂高養生園の前から、四キロ離れた下流の下手にある松尾寺までの道を、森林と渓流を越え森林帯を通ってマラソンすると言った。彼は自分の足腰をそのマラソンで鍛えるのだという。

初めてそのマラソンに加わったとき、私は自分の走るエネルギーが四キロ先まで続くとは思えなかった。しかし実際に一緒に走ってみると、なんと約四キロのマラソンを達成することができた。

それからというものは、栗本先生の来ない日も、私一人でその道を毎日のように走っては山を下り、帰りは足を引きずりながら養生園に帰ってきた。そして、いつも滞在中はいろいろな人たちに出会いながら一週間から一〇日間ほどをすごすと、また東京へ戻った。

ホリスティック医学に出会う

一九八七年の春になって、ある日二人の東京医科大学の学生が、穂高養生園というホリスティックな施設の現地視察にやってきた。その夜に福田さんの紹介で会い、三人で同室になり、夜遅くまで語り合った。その学生の一人が降矢英成さんであった。東京医大の最上級生で、学内にホリスティック医学研究会を作り、いろいろとホリスティック医学の情報を集め、研究会を行なっているとのことだった。

ホリスティック医学という名前と意味は、初めて聞くものであったが、私は自分がここまでよくなってきたことがまさにホリスティックそのものだったので、あまりにも現代の医学に欠如しているところを見事に突いている、ホリスティック医学というもののこれからの展開と将来に、とても興味を持った。

夏の暑いときに、新宿でホリスティック医学研究会が開かれるというので、私は降矢英成さんから招待された。行ってみて感じたことは、マネジメントがあまりうまく行なわれていない研究会ということだった。私はその後に経営のプロとして、いろいろアドバイスをしたことがきっかけとなり、一九八七年の夏の研究会の発表会をするときには、司会を引き受けて欲しいとたのまれ、引くに引かれず、引き受けてしまった。そして研究発表会を見事に手際よく運営したことがきっかけで、その年の一九八七年の秋には、日本ホリスティック医学協会を設立するように提案し、とうとう発足にまでたどり着いて、私は理事として参加することになった。

いよいよ日本におけるホリスティック医学の普及活動が始まった。学会という名称にはしないで協会と命名された。そして、この日本ホリスティック医学協会には、健康や病気に興味をもっているさまざまな職業の人たちが、私のようながん患者も含めて参加し始めてきた。がん患者も加入できる医学協会ということで、がんを自ら治したいと思っているような人々は、ホリスティックの名前に魅了されていった。

私の友人たちは、皆何を意味するのかよくわからないがこの新しい名称に惹《ひ》かれて、会員登録をしてくれた。

がん患者だけでなく、私の古くからの知人たちにも積極的に声をかけたのが功を奏して、どんどん会員数が増えていった。

第６章　フィンドホーンに導かれる

講演者としての招待

一九八八年一月、しばらく連絡のなかったケイト・ラヴィノヴィッツさんから手紙を受け取った。ケイトによれば、穂高養生園を離れた後、タイ、インド、ネパール、チベットを経て現在スコットランドのフィンドホーン財団というところに滞在しており、一年以上過ごしているという。そのフィンドホーンがカンファレンス（国際会議）を開催するので、私を講演者の一人として呼びたいがどうだろうか、という趣旨の手紙が入っていた。手紙の中には、フィンドホーンの前回のプログラムとともに、次のカンファレンスのコーディネーター役であるロジャー・ドゥドナさんの手紙が添えてあった。

はじめて聞いたフィンドホーン

フィンドホーンについて、それまで私は何一つとして話を聞いたことがなかったし、実は海外のことにはなにも興味が湧かなかった。しかし、フィンドホーンのレターヘッドに、紙が抜けるほど強く打ったと思われる、タイプライターの跡も生々しいケイトの手紙に釘付けになった。彼女が日本を離れて以来、いつも元気でいるだろうかと思い出していたので、思いもかけず受け取った手紙にとても心がときめいた。

手紙に今回の国際会議のフォーカライザー（フィンドホーンで使われている言葉。フォーカスする人、という意味を持ち、参加者がそれぞれの体験にフォーカスできるようにする導き手）であるロジャー・ドゥドナさんの手紙と、さらにフィンドホーンの内容を知らせるパンフレットが同封されていた。ロジャーの手紙を読んでいくにつれて、私はとてもフィンドホーンに惹《ひ》きつけられ、心はすでにフィンドホーンに飛んでいた。ロジャーがどういう人であるかも知らず、彼がどんな役目かも知らず、ただロジャーのとても難解な語句をちりばめた文章のはしばしに、歓迎の気持ちが満ちているのを感じた。「ケイトからの紹介であなたのことを知ることとなった。あなたの過ごしてきた生活が、今回のフィンドホーンのカンファレンスに極めてふさわしい」というのである。

ロジャーの手紙を見ると、今回は国際政治がテーマのカンファレンスであり、スピリチュアルな世界における政治をテーマにしたいと書いてある。特に個人と共同体がそれぞれの役目をどのように果たすべきかをトピックに掲げたいという。

私は病気になる前に、ある前途有望な青年を衆議院議員に立候補させるにあたって、選挙期間中、選挙事務所に毎日つめて選挙参謀を引き受け、見事に当選させたことがあった。それがきっかけとなり、政治の世界に少し首を突っ込むこととなった。確かにたくさんの政治家および彼らを取り巻くグループの人たちと縁ができていたが、体調を崩して以後は、急速に政治家たちとの縁は遠くなり、今さら政治の話に首を突っ込む気持ちなど毛頭なかった。

そのパンフレットには「ガイアにおける政治」という副題が書いてあった。

当時の私にはガイアという単語すら、初めて聞くものだった。さっそく調べてみたら「地球」という意味だった。

この手紙をもらってからの一週間は、読みなれぬ英語に辞書と首引きで、毎日のようにそのパンフレットを端から端まで眺《なが》めていた。フィンドホーンという場所を調べていくと、スコットランドのずっと北の方に位置し、エジンバラよりさらに北のまた北であった。

フィンドホーンのスタートは一九六二年で、三人の人が創設にかかわっていると書かれていた。読み進めていくにつれて、そこが過酷な自然の地でありながら、さまざまの奇跡を引き起こして、いまやニューエイジ（一九六〇年代のはじめから、宗教は真理に到達する入口であり、さらに自分の内にある本当の自分に出会うために、瞑想を中心に直感を磨いていこうという動きがはじまった）を牽引するコミュニティーとして、世界へたくさんの情報を送り続けていると書いてあった。ニューエイジという言葉も私には耳新しい言葉であった。沢山のワークショップが通年開催されていて、それらに参加する人たちが世界中から、毎年一万人以上も押しかけているということが、そのパンフレットには書かれていた。

周囲の反対

手紙をもらった夜、久美子が仕事から帰ってきてから、フィンドホーンから招待されたという話をしてみた。

「そのからだだったら、まだ行かないほうがいいんじゃない。そんな遠くにまで行って過労になると、またがんがぶり返すよ」

「あ、そう」

久美子の否定的な気持ちを、軽く受け流している自分に驚いた。心の中ではすでに決めていたからである。

数日してから、穂高養生園の福田さんに電話を入れた。彼も、

「ちょっと遠いんじゃない。あそこまで行くのは大変ですよね。ロンドン経由ですから。今の状態だったら、無理しないほうがいいと思いますよ」

という。私は、

「今度、養生園にいったときに、少し私の決意を話しましょう」

といって受話器を置いた。

久美子よりは、肯定的な意見だったが、やはり私の体調を心配して、やや否定的な感じが強かった。

マクロビオティックの指導でお世話になった大塚晃志郎さんに電話をした。

「まだまだ、じっくり固めていかなければならないことの方が、多いんじゃないですか」

四面楚歌の中で周りをみている状況で、私の決意だけが燃えていた。

チャネリング

一カ月ほどこのような思いの中で、何度も牛が食べ物を胃袋から出しては咀嚼《そしゃく》するかのごとく、フィンドホーンのことを思い浮かべては、心の準備をしている自分がそこにあった。

そんな折り、ふと山川紘矢《こうや》・亜希子さんご夫妻に電話してみようと思いついた。その朝、日の出を見ている時にひらめいたのだった。その日の午後さっそく山川さんの自宅に電話をかけてみた。電話に出た山川紘矢さんと意見交換をしたあと、

「実は」

ということで、フィンドホーンのことを話した。彼は、ワシントンにいるときに、フィンドホーンに関する本を入手していたという。そして、

「何かすごく良いところらしいですよ。僕はよく知らないんだけれど」

さらに私が、

「実はそこで開催されるカンファレンスに私が招かれて、講演をして欲しいとの依頼を受けてしまったんです。今どのように返事をしたら良いか分からないので、返答をせずにいるんですが」

と言うと、

「ちょっと待ってください。うちの奥さんが最近チャネリングをよくするようになったので、聞いてもらいましょうか」

と言って、亜希子さんが電話口に出てくださった。亜希子さんが電話に出る前に、紘矢さんが、あらすじをちょっと話しておいてくれたので、詳細な説明はせず、

「今返答する期限まで来ているんです。どうしたらいいでしょう。私は行きたいと思っているんですが」

「ちょっと待ってくださいね。私がチャネリングしますから」

私はしばらく受話器を耳にあてがいながら、なんの答えが出てくるのかをじっと待っていた。三分ぐらいたっただろうか、

「こんな文章ができてきましたよ。ちょっと読み上げますからね」

とてもさわやかな声で、なにかが遠くから響いて来るような感じだった。

「じゃ読みますよ」

と山川亜希子さんは一呼吸おいてから、

「あなたはフィンドホーンに行くことになっています。行くことで守護霊が変わります」とチャンネリングで出てきた文章を読んでくれた。

「こんなのが出てきちゃったんですけど、これでいいですか」

この言葉は、何よりも素晴らしいエネルギーを私に与えてくれた。すぐさま、

「ありがとうございました。ありがとうございました」

と二度も感謝の気持ちを伝えてから電話を切った。

私は電話の声を聞いて、しばらく座り込んでしまった。いったい今のチャネリングは何を意味しているのだろうか。

「行くことになっている」

これは、明らかに未来を予測した言葉であって、今まで体験したこともないことだった。さらには、

「守護霊が変わります」

守護霊という言葉は、私ががんになってからこれまで、すごく執着をして追いかけてきたテーマでもあった。

病気になる前は、こんな怪しい、守護霊というようないかがわしい言葉は、聞いていても私の頭には決して入らなかった。

科学を学んできた者は、見えない世界のことを言わないという先入観念が、長い間私を支

配してきた。病気のおかげで、自分には守護霊が必ずいるということを気づかせてもらい、他人の霊に憑依《ひょうい》されてしまうと、守護霊が満足に活動できなくなってしまうことについても、うすうす分かってきていた。

山川紘矢・亜希子ご夫妻との出会い

山川紘矢《こうや》・亜希子さんご夫妻との出会いについて少し触れておこう。穂高養生園ができてからまもなくのころで、私の何回目かの穂高養生園の訪問のときだった。養生園の玄関に着いたら、とても人なつっこい青年が、すでに養生園に到着していて、しかも、ご夫婦で来ていた。

福田さんの紹介で、お互いにすぐ打ち解けてしまった。

大蔵省に長年勤務していて、喘息《ぜんそく》がひどくなったので辞《や》めてしまおうと考えているという。そして、ニューエイジや精神世界の本のさきがけとして、アメリカで非常に売れて評判になっていた女優、シャーリー・マクレーンさんの書いた本の翻訳が終了したばかりだと話をしてくれた。

さらに紘矢さんに聞いてみると、私が選挙参謀としてバックアップした政治家とは東京大学の法学部で同級生だったという。途端に私は、選挙事務所に駆けつけてくれたたくさんの人々の名前を挙げたら、紘矢さんは大変驚かれ、「全部、僕知っていますよ！」と言った。

不思議な縁を感じた。

　奥さんの亜希子さんも東京大学経済学部を卒業して、マッキンゼーで仕事をしていたという。マッキンゼーの日本支社長は、私の親しい友人の大前研一さんであったし、さらに亜希子さんのお姉さんが、東京大学理学部に在学中にバレーボールの選手をやっていたという。年齢を聞いてみたら、久美子と同じで、久美子もバレーボール部でセッターをやっていた。その話をしたら、お互いに「え～っ⁉」と叫び声をあげてしまった。

　二人とも、帰宅してからこの出会いをそれぞれに伝えてみたら、お互いがまた、とても親しい友達同士だったので、またまた驚きであった。

　数日間の滞在中、いろいろ語り合った。中でも興味深かったのは亜希子さんがチャネリングをするようになったいきさつであった。そして亜希子さんが、

「私に守護霊についてチャネリングさせて下さい」

　というので、お願いしたところ、

「マイトレイヤーって出てきたんですけれど」と亜希子さんが答えた。

「それはたしか、弥勒菩薩《みろくぼさつ》という意味じゃないですか、僕もよくわからないんですけれど」

　と紘矢さんのコメントがあり、福田さんに英和辞書を借りて調べてみたところ、まさに弥勒菩薩であった。おそらく若いころから私を助けてきたのは、この弥勒菩薩のおかげだったかもしれないと思った。

がんという病気になってからというもの、不思議な智慧がどこからともなくやってきて、私が知りもしないことを口から吐《は》き出すように語りだすのを感じていた。そんな自分が嘘《うそ》つきじゃないだろうかと思ったことも何度かあった。言わされているという現象である。

それが恐ろしくて、後で自分の喋《しゃべ》った言葉を辞書や百科事典で調べてみると、辞書に出ていたり、本当に存在していることが判明したことが何回もあった。それがマイトレイヤーなのだろうかと不思議に思って、味わっている自分がいた。

招待を受ける決心をする

山川亜希子さんがチャネリングの時、電話の向こうで語ってくれた「行くことになっている」という言葉が、頭の中を駆け巡っていた。

もう待っている余裕はなかった。久美子に相談する時間もなかった。現地の時間が朝九時になるのを待って、フィンドホーンにファックスを入れることにした。ケイトが私からの返事を待っていたからだった。

それから十日後に、ケイトから「フィンドホーンのカンファレンスの講演者を引き受けてくれてありがとうございます」という旨の手紙を受け取った。何かに導かれた私の新しい道が、もうすでにでき始めていたのであった。

もちろん不安がないといったら嘘《うそ》になるが、不安を打ち消す以上のエネルギーを日の出から感じていたので、何も心配することはなかった。

久美子が帰宅して、

「フィンドホーンに行くことにしたよ」

「いつ？」

「十月」

久美子は今度は少しも反対はせず、

「気をつけてね」

と言ってくれた。そして、

「あなた、お金あるの？　飛行機代よ」

私は大急ぎで、今までの手紙を隅から隅まで調べた。飛行機代のことはどこにも触れられていなかった。私は大変困って、一体いくらかかるのだろうかと調べてみた。またポンドと日本円の換算率も調べてみた。

私の友人が旅行代理店にいたので、翌日、彼に電話をした。

「一番安上がりな運賃でいくらぐらいかかりますか」

と問い合わせてみると、往復で三〇万円近くかかるとのことだった。しかも、途中でいくつもの空港に立ち寄る経路だった。彼は、ロンドンまでは直行のブリティッシュ・エアラインがいいですよ、と言ってくれた。

先立つお金がないことで、二、三日、逡巡《しゅんじゅん》した。そして、このことはそのままフィンドホーンに伝えるべきだと考えて、またケイトにファックスを送った。

返事はすぐに返ってきた。フィンドホーンで航空運賃の負担をしますので、レシートを持ってきてくださいと書いてあった。私は大変うれしく、かつ驚き、感謝した。

渡航準備

行くことが決まってから、心の準備が始まった。フィンドホーンについての本があるかと思っていろいろ調べると、一〇年ほど前に日本教文社から『フィンドホーンの奇蹟』が、翻訳されて出ているのが分かった。

早速購入して読んでみたが、いやに難しい文章の翻訳であった。しかし「現代のエデンの園、今よみがえる」と本の帯に書いてあったのに惹《ひ》かれて、毎日のめりこむようにその本を読み進めていった。北緯五七度の地域でありながら、巨大なカボチャやブロッコリーができた場所であるという。そして沢山の人たちが日々瞑想を中心とした生活をしている、ということが書かれていた。著者はポール・ホーケンというアメリカ人で、フィンドホーンにしばらく滞在して書き上げたという、フィンドホーン訪問記であった。

まもなく山川紘矢さんから、ニューヨークで偶然購入したというフィンドホーンの写真集と、『フィンドホーン・ガーデン』という本が二冊送られてきた。涙が出るほどうれしかった。まわりの人たちが、私のフィンドホーン行きを心から祝ってくれているのが感じられ、自分の役目が少しずつ分かってきた。

講演のテーマ

私が講演の依頼を受けると、すぐさま講演のテーマを教えて欲しい、というファックスが入ってきた。意外の急展開に、ただウロウロするばかりだったとき、H・G・ウェルズの書いた本のことが頭に浮かんだ。ローマ帝国の繁栄と没落について書かれた内容であった。

とっさに、私は、「日本の繁栄と没落」というタイトルでやったらどうかと思った。すでに私は日本が内部から急速に崩壊を始めていることに気づいていた。外側の国々からは繁栄しているのだといわれながらも、内部はすでに没落が始まっていたからである。ただ、こんな大きなテーマで大風呂敷を広げて講演したところで、無視されるかもしれないと思った。

だが、いつもの日の出を見るときと同じように、ありのままの自分で話をすればいいんだと思った。自分の体験と気づきを述べようということで、サブタイトルとして、「一人のがん患者の予測」とつけてファックスで送った。

ここまで内容がかたまってくると、あとは比較的簡単に内容が絞れてきた。自分のがん体験とからませて、日本のがん患者の死亡者は全死亡者の四分の一近くを占め、さらに死亡率が増大しつつあることを解説しよう。そして、私はアジア諸国において韓国、中国、シンガポールが急速な経済成長下にあるのを見ていたので、経済環境の状況変化における差以上に、日本における風俗や習慣の質の低下や、若者のやる気のなさに危惧を抱いていることをまとめてみよう。

また、ローマ帝国と日本の没落の比較をしてみようと思った。不思議と類似点があることがわかり、これはいけると自分では思った。ただし、日本語で講演するのだったらの話である。英語でこれだけの話ができるかは、少しも自信が持てなかった。

ただ古代ローマ帝国と現在の日本の状況とでは、一つだけ大きな違いがあった。それは汚染である。空気、水、食物の汚染がすすみ、さらに精神的なストレスが加わることで、多くのがん患者をつくり、かつ間違った西洋医学の治療法のために、たくさんの人たちががんで死んでいくことを目の当たりにしていたので、私は西洋医学のメッカ、イギリスでこの話をぶち上げようと思ったら、笑いがこみ上げてきた。

しかし、所詮《しょせん》一時間の講演を埋めるだけの英語力がないことに気がついた。どうしようかと心配になった。

フィンドホーンにはチェロを持っていこうと決心した。私の人生でチェロを海外に持っていったことは、それまで一度もなかった。どうやって運ぶかも知らなかった。航空会社に問い合わせたら、チェロは座席をとるので、一人分の航空運賃が必要だという。ただし、荷物で預け入れるのであれば、重量制限に引っかからない限り無料で携行できるということだった。

穂高養生園を訪れるときには、副作用のない癒しの薬として、必ず自分のチェロと一緒に行くようにしていたので、チェロを持参してフィンドホーンに行くことにも、何の違和感もなかった。そして、そのことを手紙に書いて送った。

だんだんと日が迫ってくるにつれて、OHP用の原稿やスライドの準備も進み、日本語から英語への翻訳も進んでいったが、頭の中が英語になっていなかった。日本語から英語へ翻訳するプロセスが頭のなかでいつも稼動していたために、少しも英語だけで処理するということはなかった。

もう一度フィンドホーンのパンフレットを眺《なが》めていたら、体験週間（エクスペリエンスウィーク）というものが毎週開かれていることを知った。

「これを受けてみよう。そうすれば少しは英語の力も上がるし、準備もできるだろう」

と思いついて、体験週間の参加を申し入れた。しかしこの費用が、当時の私にはなかなか高額であった。私には払えないことを知らせたところ、ケイトからフィンドホーン側で特別に私を招待してくれるという連絡があった。

とうとう十月六日に、成田を出発

久しぶりに新しいパスポートを準備し、スーツケースの中には、防寒用の衣類と講演準備のための原稿用紙、玄米三キロ、玄米せんべい二〇袋をぎっしりとつめ、成田空港を後にした。

イギリスに行くのは、初めてのことであった。

成田からロンドンまでは一二時間半かかった。病気中の私にとっては本当に長い旅だった。

ようやく着いたヒースロー空港では疲労困憊《こんぱい》し、荷物とチェロを受け取って税関を出た後は、チェロを枕にして、空港のロビーで二時間あまり寝てしまった。

やがて気を取り直して、フィンドホーン財団が手配してくれたロンドンからインバネスまでのチケットを指定されたカウンターまで受け取りに行った。だが英語が全然通じなかった。少しは耳慣れていたアメリカ英語は、イギリス英語の前で大変なコミュニケーション難に陥り、最後にはパスポートを見せてチケットを入手した。外もだんだんと暗くなり、やはりフィンドホーンで予約してくれた、空港のすぐ近くのホテルにタクシーで向かった。

ホテルにチェックインして部屋に入ると、まず一番に一緒に長旅をしてくれたチェロの安全を確認した。このとき持参したのは、私が以前から持っていた古い楽器だった、二五〇年以上も生き抜いてきた私のチェロはどこにも異常が見つからず無事だった。

まずそれだけを終えたらほっとして、あとはシャワーを浴びてベッドの中にもぐりこんだ。

私は三〇時間ばかりをホテルの部屋で眠り続けた。途中で部屋の掃除をするというノックがあったが、すべて断わった。ただただ疲れたからだを横たえて、寝て過ごすだけで精一杯だった。

自分が日本からはるばる遠く、ロンドンのホテルの一室にいるということを考えただけでも、気の遠くなるような感覚だった。今回の招待を安易に引き受けてしまった、暴挙ともいうべき旅の始まりに泣くこともできず、しょんぼりとたたずみながら、私は恐怖と失望と悲しみとでいっぱいになっていた。

ホテルには二泊して、土曜日の朝一番の便でロンドンからインバネスに向かった。ロンドンを離れてから、やがてスコットランドの風景が眼下に広がってくると、その空気のきれいさに目をうばわれて心が和《なご》んでいった。一時間四〇分のフライトの後、私の乗った小さな飛行機はインバネス空港に着いた。広々とした敷地の小さな空港ビルを見ながら、重い気持ちでタラップを降りた。

英語がわからない

空港には、私のエスコートを担当をしてくれるイサベラ・ドゥカンスさんが、二人の息子さんを連れて車で出迎えてくださった。彼女は私を見るなり、

「ようこそ　寺山さん」

と言ってハグをしてくれた。私はとてもぎこちない形でハグをした。今までに経験したことのない習慣だったからであった。

小さい車にチェロも含めてすべての荷物を乗せ、すぐさま私たちは荒涼たる原野の続く中をフィンドホーンへ向かった。途中で二つの小さな村を通り過ぎた。これまで一度も見たこともない石造りの教会を目にした。生まれて初めて見る不思議な風景に心が飲み込まれて、子供のような気持ちになり、車を止めてもらい写真まで撮った。

やがて、車はフォレスの町に入った。それから少し車を走らせると、町の真ん中にあるシンボルの時計台が見えた。そこを右折して、道は町の中心を離れてだんだんと坂を登っていった。こんもりと茂った丘の上に、ホテルを改造したというクルーニーヒル・カレッジが見えてきた。建造してから一〇〇年以上過ぎている建物が、やがて不思議な運命を経てフィンドホーンの所有となり、いまやこの中で多数のワークショップが開催され、世界中からたくさんの人々が訪れるということだった。

車の中でイサベラからいろいろと質問を受けたが、何を聞かれているのか、英語がさっぱりわからなかった。しかし、これから始まるエクスペリエンスウィークに一週間参加したあと、カンファレンスがあるということだけは分かった。また、私が再会を楽しみにしていたケイトは、何か事情があってすでにフィンドホーンを離れているということだった。この状態で頼れるのはイサベラだけだった。

クルーニーヒルに到着して体験週間の登録を済ませると、彼女は私に、

「体験週間の間は、木曜の午後だけ休養の時間があるので、そのときにお会いして原稿の整理をお手伝いしましょう」

と言ってくれた。私はぜひピアニストを紹介して欲しいということをリクエストして、またハグをしてその日は別れた。

フィンドホーンに着いてから初めての食事が昼食だった。さぞかし肉が出てくる洋風の食事だろうと思っていたら、なんとそこに玄米があったのである。完全な菜食の食事だった。日本人から見ると、味付けは今ひとつながらも、新鮮な野菜がいっぱいのメニューだった。その野菜にはなんとすばらしい強いエネルギーがあるのだろうと思った。何か不思議な美味しさがあって、食は進んだ。

空気が良く、水がきれいな状態で、しかも、フィンドホーンで有機栽培をしたという野菜を中心とした食事が、こんなにもおいしいのかと思った。つい二度もおかわりを取りに行っ

てしまうほどだった。お皿を持って自由に好みの分量をとりに行くというシステムは、とても合理的だと思った。

ただ、使われていた玄米は長い形をしたいわゆる外米で、日本式のしっかりと腰のある焚《た》き方ではなく、芯《しん》のある焚き方だった。その玄米の炊き方を見て、

「よし、自分がいる間に、玄米の炊き方をフィンドホーンの人たちに教えてあげよう」

と思うとともに、内心持参した三キロの玄米を、どう処理しようかと考えながら、にやりとした。

フィンドホーンの生活が始まる

いよいよ土曜日からクルーニーヒルで、フィンドホーンの体験週間が始まった。午後にビーチツリールームという名前の部屋に集まった。このクルーニーヒルでは、あらゆる部屋、トイレや掃除機にまで名前がついているのであった。

ワークショップはフォーカライザーといわれるフィンドホーンのメンバーが男女ペアで、参加者をリードしてくれた。サンディー・バーさんというスコットランド人で私と同じ歳の人と、イーネックというオランダから来た背のとても高い人だった。サンディーはスコットランド出身で、そのためか彼の言葉にはとても訛《なま》りがあり、非常に分かりづらかったが、イーネックの英語は比較的分かり易かった。

まず、フォーカライザーの説明で、一三カ国二三人の自己紹介が始まった。はじめにおこなったのは、皆が参加者たちの名前をひとりずつ覚えていくゲームであった。自分の順番が来ると、その前に紹介されたすべての人の名前を順番に言っていき、最後に自分の左隣の人の名前を言ったあとで自分の名前を言って、次の人にバトンタッチするのである。私はほぼ真ん中くらいであった。つまり一〇数人の名前を呼んで、最後に「その隣のシンです」と言うのだった。フィンドホーンに来てから、私はニックネームを「シン」とした。

漢字の中で育った日本人が、英語の発音だけで人の名前を覚えることの難しさを五二歳で味わった。ひとりも名前を思い出すことができず、さて発音をしようと思ったときには頭の中が真っ白になってしまった。皆が、私に小さな声で次の人は誰、次の人は誰といってくれても、そのことにすら当惑して発音が分からず、英文和訳を頭の中でおこなっていて、ますます慌ててしまった。私は初めから大失敗の連続だった。

きれいに活けられた花の周りにエンジェルカード（もともとトランスフォーメーションゲームというゲームの中で、自分を助けてくれるエンジェルの言葉が記されている、細長い小さな五二枚の絵入りのカード。記されている言葉は良い言葉ばかりで、フィンドホーンではよくいろいろな場面で使用される）が置いてあった。瞑想の後でそれをひとりずつ取りに行き、自分の引いたエンジェルカードの言葉にインスピレーションを働かせながら、自己紹介をするという仕組みだった。

私が引いたカードは、ヒーリング（癒し）であった。まさに、自分の今まで歩んできた道そのものであった。とてもうれしかった。

自己紹介が始まった。いろいろな国から来た人たちがいたので、英語のアクセントは皆それぞれ違った。しかも、英語を話すスピードが、日本の学校で学んだ英語の比ではなかった。私にはほとんど聞き取れなかった。日本人特有のわかったフリをして、ただニコニコして皆の話を聞いている自分が悲しくなった。現実に皆がしゃべっている英語を、頭で英文和訳して、日本語で入ってくるには時間差があった。

私の自己紹介は、カンファレンスのために用意した原稿がすでに頭の中にあったので、一、二分でそつなく終了することができた。他の人たちの話は、ほとんどといって良いくらい頭の中には入って来なかったが、それぞれの出身地くらいは、少し記憶できた。

私たちのグループの中に、アメリカ人のテレビ局のプロデューサーがいた。自己紹介のときに、それぞれ自分たちの先祖のことがもし分かったら言ってくださいというフォーカライザーの言葉があり、さて彼女の番になったときに名前を言ってから、

「自分は、二世代前までは分かるが、それ以前の祖先のことは何もわからない。だから自分たちの祖国であろうアフリカのことについては、一切なにも記憶に残っていない」

と言って、大泣きに泣いてしまった。おそらくそのような意味だったと私の英語力で推定できた。

参加者もフォーカライザーも誰もみな、彼女の泣くのをそのままにしておいた。私はフィンドホーンに来たときに最初に教えてもらったハグで、その人を後ろからやさしく抱いてあげた。しばらく泣いていた彼女がやがて泣き終わったのか、私に抱き返してきた。そして参加者の皆さんが私に、

「シン、よくやった」

と言ってくれた。英語力の不足は、行動力でカバーすれば何とかなるという変な自信を得た瞬間であった。

フィンドホーン名物のハグ

ハグについて一言述べておこう。日本では人と出会った時、少し離れてお辞儀をして挨拶をする習慣になっている。ハグをするのはきわめて特殊な関係か、夫婦や子供の間だけであると思っていた。しかし、このフィンドホーンではハグは日常茶飯事であり、瞑想とハグで一日が終わるといっても良いくらいに、ハグが日常生活の中で大きな習慣を形作っていた。

初めてエスコート役の女性からインバネス空港でハグをされたとき、久美子の顔が目の前に現れた。こんなことをしてもいいのだろうか。

しかし、ひとたびこのハグに愛着を感じて、毎日の生活の中にとり入れていってみたら、とても心が和《なご》み、大らかな気持ちになることがわかった。

フィンドホーンの人たちは私のことをがんの末期患者であり、治りつつある人間として受け入れてくれたのであろう。朝から夕方まで多くの人が私の顔を見るなりに、「ハロー、シン。モーニング・ハグ」から、「グッドナイト・ハグ」まで、一日四〇～五〇回のハグをしてくれた。

話を体験週間に戻そう。

初日の午後の最初のプログラムは、他の人が話す英語がわからないという無残な結果に終わった。この先この体験週間がどうなるだろうかということと、カンファレンスが始まるまで自分がこのフィンドホーンで、ちゃんと生きていられるのだろうかと思うと、泣けてきた。一人が直前で体験週間をキャンセルしたため、私のルームメイトはいなかった。これが幸いしたのか不幸だったのか私には分からないが、それ以来毎晩のように、一人になると、英語の話せない五〇過ぎの男の悲しさと、敗退した悔しさを独りかみ締めて、絶望感を味わった。

さて、土曜日の夜にサウナがあるというので行ってみた。私はサウナが大好きだったからだ。

一〇人も入るといっぱいになってしまうくらいの小さなスペースには、薪のストーブが焚《た》かれ、薄暗いなかで人々はストーブに水をかけては、その立ちのぼる水蒸気のなかでサウナを楽しんでいた。眼鏡を外してサウナの中にはいったので最初はよく見えなかったが、だんだん暗闇に眼が慣れてくると、私は豊満な女性たちに囲まれていて、男性は私ひとりであることがわかった。この感覚をなんと表現していいか、ただただ驚きとともに、眼鏡をかけていない私は、焦点のあわない目ではあったが、伏し目がちで皆さんの一糸まとわぬ肉体を遠慮がちに見ながら、一時間以上を過ごした。皆の会話にはとうとう入っていけなかったが、その情景は、その後しばらく目に浮かんでは消えるという状態だった。それほど強烈だった。

サウナに入ってタップリと汗をかき、からだの毒出しをしたせいか、夕食のなんとおいしかったことだろう。英語が通じない悲しみが、サウナでの毒出しによってリラックスしたのか、その夜はとてもよく眠ることができた。

フィンドホーンは北緯五七度の場所にあるため、私が訪れた十月は夕方三時半ともなると、外は暗くなってしまう。このような緯度が高い所での生活を初めて体験した。翌朝は七時ごろから東の空が明るくなってきたので、日の出が近いだろうと思って外で待っていた。しかし、いつまで経っても日の出は見られず、太陽が出ないままで明るくなっていった。そしてようやく九時過ぎになって太陽が出てきた。

翌日、フィンドホーンの日曜日は、ブランチ形式だった。十一時ごろに食事を終えてから朝日を見たとき、なんと遅い日の出だろうと感じた。緯度が高いせいで太陽が天空高く上っていかないのであった。日本で暮らす私にとって、昼間でも太陽がまだ地平線に近いところにあるというこの現象が、珍らしかった。

ブランチの後で、フィンドホーンのマイクロバスに乗り、フィンドホーン発祥の地であるパークを見学に行った。『フィンドホーンの奇蹟』という本であらかじめ読んではいたものの、実際にこの地に来て見る風景には、感慨深いものがあった。フィンドホーンがこの場所で一九六二年十一月にスタートし、現代のエデンの園に発展したという事実と、現実にこの地を訪れることができたということに感動した。案内してくれた人は、フィンドホーンの内部を名所旧跡のごとくに、とてもよい抑揚で説明をしてくれたが、私の頭のなかは英文和訳をする作業でいっぱいだった。初めのうちは聞き取れたが、だんだんと疲れてきて、何か遠い空で英語がつぶやかれているぐらいにしか感じられなくなり、英語の説明は一切頭に入らなくなった。

頭の中には日本語で読んだ本の文章が、とうとうと流れてきて、英語と日本語が完全に分離した状態だった。ひとたび日本語が出てくると納得ができるのに、英語だけの世界ではまったく新しい事柄が目の前に次々と起こり、自分の気持ちをどう処理して良いのかわからず苦しんだ。このような地の果てまで、チェロまで持って出かけて来た私の浅はかさと無防備さにあきれるとともに、この失敗を成功にするためには、どうすればいいのだろうかとそればかりを考え続けた。

「もう英語は聞きたくない」という気持ちで空を見上げたら、青空が澄み渡って輝いていた。パークの見学では、私は場所を見ることだけに終始した。

しかし、一九六二年に寒風吹きすさぶ岬の海辺に近い駐車場からスタートしたのだということだけは、何とかつかめた感じがした。

見学の途中で、みんなが食事をするという大きな部屋でお茶とケーキをご馳走《ちそう》になったとき、疲れがどっと出てきて眠くなってしまったので、横になって少し寝てしまった。そしてしばらくパークで自由行動の時間をすごした後に、またマイクロバスに乗ってクルーニーヒルに戻ってきた。

からだを動かし、きれいな空気の中を歩いたりしたので、夕食はとてもおいしかった。

夜は初めてフィンドホーンのメンバーによる講義を聴いた。フィンドホーンのこれまでの歴史と、現在における組織の機能についてであった。図や絵を書いて説明をしてくれたので、少しは理解できたが、内容はさっぱり分からなかった。英語が分からないということがとても悲しかった。

その夜部屋に戻り寝る前に、カンファレンスの準備のために、日本から用意してきた原稿を一人で見直して過ごした。


翌日月曜日から、フィンドホーンのさまざまなセクションに配属された。実際にフィンドホーンの人たちがおこなっている仕事を手伝うプログラムである。フィンドホーンではこのような作業を「ラブ・イン・アクション」と呼んでおり、日本語にすると「行動する愛」となる。私は皆が選択しなかったパークでのホームケアという作業をすることにした。これからバンガローに宿泊する人たちのためのベッドメーキングが、私に与えられた主な仕事であった。作業の種類はいろいろあったがフォーカライザーから言われたのは「愛をこめて行なってください」ということだけだった。何よりも作業中はほかの人と話すことがなかったので、ほっとした。

一〇時過ぎにはお茶の時間があった。朝仕事はじめに集まった部屋に戻り、疲れを取り、だれかが持ってきてくれたお菓子を食べながらお茶を飲み、会話が弾んで英語が分かればとても楽しい時間であった。ホームケアのフォーカライザーがいつも私のからだに気を配っていて、無理をしないように言ってくれたのが、とてもうれしかった。日本にいたときには体験したことのない愛に満ちた配慮だった。

その日の午後はセルフ・ディスカバリー・ゲームという、ゲーム感覚で自分自身の精神性、霊的感覚を高めるための入口となるようなプログラムだった。

はじめのゲームは、いかに自分を信頼し、人を信頼するかに気づくきっかけを与えるものだった。

私は自分の病気が悪化していくプロセスが、このゲームをすることでとてもよく認識できた。

私は、他人に自分の病気の話をするのは恥だと思ってしまい、自分にも正直でなくなり、家族にも友人にも体調が悪化しているという話をしてこなかった。医者にも正直に表現をしなかった。そのうちに自分でも自分のことがよくわからなくなり、また自分のことをよく探ろうという余裕すらなくなっていった。

二番目のゲームは、鬼ごっこと称して、うまく人とハグすることができるようになるゲームだった。ハグをしている間は鬼につかまらない。人を助けるためにハグすれば、鬼が他の人を探しに行くのだ。スリリングであり、なおかつ私よりもからだの大きな女性たちに、ハグしたりハグされたりしていくゲームは、なんと楽しかったことだろう。ハグについては、このゲームで久美子に対する罪悪感がすっかりなくなってしまったが、最初の夜の、男女混浴のサウナのショッキングなことは脳裏に残っていた。。

約二時間にわたるゲームの後は、参加者全員が見事に打ち解けて、ともかく親しくなった。

以後毎日、夜九時過ぎまで講義があった。忙しいワークショップのスケジュールだったが、とても楽しく、日ごとにからだ全体がリラックスしていく自分がいることに気がついた。

アイリーン・キャディさんとの出会い

木曜日の午後は、体験週間の中で唯一の自由時間だったので、パークに行き、青空が広がり、風ひとつない中で、フィンドホーンの銀座通りともいわれる道を歩いた。この頃には何日か英語の中で過ごしてきたので、自分の気持ちも少し落ち着いてきたときだった。

フィンドホーンは、天国やエデンの園といわれるごとく、すでに寒くなった十月中旬でさえも、あちこちの花壇に花がたくさん咲きほころびていた。それらの花が発する香りとバイブレーションが漂ってくるのを感じながら、また、時には腰をかがめて匂いをかいだりしてパークの中を散歩していた。

皆が毎朝一緒に瞑想をするサンクチュアリを覗《のぞ》くと、だれも中にはいなかったので、ひとりでそこにしばらく座っていた。エネルギーの高いこの場所にいることで、とても気持ちが落ち着いた。

しばらくサンクチュアリで過ごしてから、ドアを開けて外に出た。ドアの脇には、きれいな花が咲いていた。しばらく眼を楽しませてから、食堂や会議室もかねているコミュニティー・センターといわれている建物の方にゆっくりと歩いていった。道の途中に、創立者の三人がその時代を過ごしたキャンピングカーが、車輪を外して保存されているのが目にとまった。

その脇にあるガーデンでひと休みして周りの風景に浸《ひた》った後、キャンピングカーの脇を通り過ぎようとした時、突如小さなキャンピングカーの扉が開いた。

品の良さそうなおばあさんが出てきて、

「こんにちは、いらっしゃい、入っていらっしゃい」

と声をかけてくれた。振り返って私ですかと、人差し指で自分の鼻を指すと、

「そう、そう」

と言ったので、招待されるままにキャンピングカーに入っていった。

「さあ、どうぞお座りください」といって、お茶をだしてくださった。小さな木製の、こげ

茶色のニスが半分はがれたような机と、いすが二つあり、脇の本棚には本がきれいに並べられていた。

小さなキャンピングカーの窓からは、外の風景がちらりと見えるだけだった。

薄暗いキャンピングカーの中には、ろうそくが一本灯《とも》っていた。机の上には、彼女の読みかけの本が置いてあった。

ねずみ色のドレスをきちんと身につけた彼女を良く見ると、髪の毛は白髪がかなりの部分を占めている。この寒い土地で長く暮らしたのであろうが、苦労の様子はあまり感じさせず、むしろ私には静かな微笑《ほほえ》みが印象的だった。


私に気後れさせないように、紅茶を自分で淹《い》れて勧めてくれた。

彼女は急にこんなことを言い出した。

「Just I was sitting here, something light was passing outside. When I went out, you were there. What's your name?」（「ちょうど私がここに座っていたら、何か光のようなものが外を通り過ぎたの。外に出てみたら、あなたがいたわ。あなた、お名前は？」）

正直なところ、最初はこのおばあさんが誰だかわからなかった。ただ、目の奥から出てくるあまりにも柔和な愛に満ちた光に、私は気持ちが和《なご》やかになり自己紹介をした。

そして最後に、今度は私から思い切って、その不思議な感じのおばあさんに尋ねた。

「あなたのお名前を聞いて良いですか？」

といったら、

「アイリーン」

と微笑《ほほえ》みいっぱいの顔で彼女は答えた。

「あなたがあの有名な創設者のアイリーン・キャディさんですか」

といったら
「そうですよ」

とにっこり微笑んでくれた。

私がずっと会いたいと思ってきた人が、自分の目の前に現われたこの偶然に心がおどった。つたない私の英語力でも、彼女は一生懸命耳を傾けてくれて、とてもゆっくりした口調で私の質問に答えてくれた。

彼女の人生の愛に満ちた生き方の一つひとつが、この意識の高いフィンドホーンを作り上げていったのだろうと思った。

彼女は私の言わんとすることを非常に良く察してくれて、私の英語が不十分であっても、意味を十分汲み取ってくれた。じっと私の話に耳を傾け、ときには彼女が返してくれた言葉が、言葉を越えたコミュニケーションの存在を感じさせてくれた。

これほどまでに自分の歩んできた道を分かってくれた人に、今まで出会ったことはなかった。アイリーンと過ごした時間は、この体験週間が始まって以来、浮き沈みの激しかった私の気持ちが、本当に落ち着いた安らかな気持ちに変わっていった瞬間でもあった。

愛と光に満ち、光に導かれ、愛の修行を直感に導かれるがごとくおこない、内なる神との交流を書き取ってきたというアイリーンの存在自体が、私をとても勇気づけてくれた。

フィンドホーンに来て一週間も経たないうちに直接会うことができ、「もう英語で話をするのはいやだ」とさえ思っていた私の気持ちを和らげてくれた。そして別れの挨拶をしたとき、アイリーンは愛に満ちた深いハグをしてくれて、「Shin, bless you」と心から愛を送ってくれた。この言葉がからだに深く水の流れるようにしみ込み、私の肺に残っていたがんにも届いたに違いないと思った。

そして何かしら、からだ全体にアイリーンの愛がしみ渡り、自分のからだが喜んでいるのを発見した。

その日の夜のワークショップのときに、アイリーンに出会ったことを皆に話した。なかなか得られないチャンスを、一番遠くから参加した私が実現してしまったということを、皆は羨望《せんぼう》の目で見て、とても陽気に祝ってくれた。

その夜から私は英語に少し自信を持つようになり、他の人がしゃべる英語が、少しずつ分かってきたように感じられた。

その日の夜は久しぶりに緊張がほぐれて、すごくよく眠れた。沢山のひとたちから受けたハグを思い浮かべてベッドに入ることができた。

体験週間を無事終える

翌日の金曜日の午後がコンプリーション（修了）であった。ひとりずつ体験週間で得た感想を発表していく儀式のようなものだった。

最初の人が、まず部屋の中央に置かれているネイティブ・アメリカンが儀式で用いるトーキング・ストーンと呼ばれる石をとり、自分の感想を話し始めた。終了すると、次に話をする人を自分が決め、その人に石を持っていく。私の順番はたしか七、八番めだったと思う。私が石を受け取ったのは掃除をしたとき一緒に組んだ仲間だった。

ホームケアというグループで、ベッドのシーツを代えたり、部屋の掃除をしたりすることだったが、私はすぐに疲れてしまったので、彼女が「無理しないで、私がやるから」と言って、いつも私の代わりをしてくれた。彼女が私にその石を持ってきたのである。愛の縁つなぎということをからだ全体で感じた私は、リラックスしてこの一週間の私の心の変わりようを皆の前で述べ、「本当に感謝の気持ちでいっぱいです」と言ったら、全員から大きな拍手が起こった。

今までの人生で、これ程までオープンな気持ちで人に迎え入れられるようなことがあっただろうか。たどたどしい英語であったにもかかわらず、みんなの目は、じっと聞いてくれていた。その反応がじかに伝わってきた瞬間、今までの苦労が全部どこかに消え去ってしまった。

私は五〇歳を過ぎてから、英語もうまくできなくて格闘を続けていたにもかかわらず、フィンドホーンのようなスピリチュアルな環境の中では、こんなにも早く他の人とコミュニケーションが取れるようになるとは始まる前には予想だにしなかった。

この瞬間、私の頭の中には、

「良い通訳をつれて、日本の人たちにこの体験週間をグループで受けるために、この日本から遠く離れたフィンドホーンに連れてこよう」

という発想が浮かんだ。私たちの年代層は、英語を英語学として学んだために、英会話に慣れることがほとんどなく、日本の英語教育という特殊な技法の犠牲者になってしまっている。そのような私でさえも、このようにして皆の中に入っていくことのできるフィンドホーンの貴重さをしみじみと感じた。

心が開けば、あらゆる言語も、人の眼を見て容易にコミュニケーションが取れるということを心から感じ、帰国したら文部省の英語担当の部門を訪問して、意見をしようとさえその場で思い、現実に実行した。

このフィンドホーンでの体験を生かし、また、何かフィンドホーンの役にも立ちたいと思い、日本人のグループによるツアーを実現していくことを心に決めた。私はいつ実現するかもわからない夢を描いて、胸があつくなっていた。


さて、私のバトンタッチした人は、もちろんアメリカのテレビ局プロデューサーだった。指名するために、私がトーキング・ストーンを彼女に持っていくと、彼女は両手を大きく開いて私を受け入れ、

「あなたのおかげで、このフィンドホーンの生活が、なんと癒されたことでしょう」

と、耳元で話してくれた。そして、彼女は自分の一週間の体験のトピックを語ってくれた。


こうして、私にとても深い思い出を残してくれたフィンドホーンの体験週間が終わり、その夜にはパーティーが開かれた。

この一週間をともに過ごした仲間達と同じテーブルを囲み、テーブルの上にはろうそくの光が揺れていた。まさに一期一会。深い思い出が凝縮された時間が終了した。それは忘れえぬ記憶として、皆の心に深く刻み込まれていった。そして、この晩だけは、ワインのような

アルコールと、自分のチョイスでお魚の料理を食べることができる日でもあった。

フィンドホーンというエネルギーが高く愛に満ちた場所で、朝から晩まで一週間を過ごすこのワークショップの内容は、なんとうまく構成されているのだろう。このようなものを、今の全世界の教育に取り入れたら、世の中はきっと大きく変わっていくだろう。そして、地球上の人類が新しく変容をするだろう。そう深く思いながら、この一週間のワークショップによって、私の人生における本当に貴重な経験を得たことに感謝した。

「がんになったおかげでフィンドホーンにくることができて、本当に良かった」

カンファレンスがスタート

土曜日の朝から、いよいよカンファレンスがスタートした。私と同じ体験週間に参加した人たちは、全員がこのカンファレンスに参加した。もうレジストレーションという参加登録の場で、戸惑うこともなかった。フィンドホーンの人たちとは、すでに顔なじみになっていた。どこへ行っても皆がハグで迎えてくれた。午後からのオリエンテーションでも、人の話していることが、半分ぐらいはどうにかわかるようになってきていた。

さて、これからが大問題の、私のレクチャー（講演）の用意である。空港に迎えに来てくれたイサベラが、約束どおり体験週間の間の私の空いている時間に手伝いに来てくれた。

まずは、私が英語力不足の中で作り上げた原稿の内容が、集まった人たちに分かってもらえるのかどうかを検討することと、スムースに伝わる英語にできあがっているか確認したかった。もう一つは、講演の中にチェロの演奏を加えたいので、フィンドホーンに住んでいる人でピアノ伴奏をしてくれる音楽家を紹介してもらえるかの相談であった。

原稿のダメ出し

持参した原稿を元にして、私は彼女に説明を始めた。一生懸命聞いてくれていたイサベラが、突然私の話をさえぎって、

「あなたの話は、論理的ではないですよ。あちこちに飛んでしまっている。われわれの聞く耳に合わせて、論理立って物事を絞っていくようにしないと、せっかくの良い内容が崩れてしまい、人に聞いてもらえず、人には伝わらないですよ」

と主張した。

一瞬私は蒼白《そうはく》になって、返す言葉がなかった。日本人には素直にとおると思っていた話の進め方が、イサベラから見ると通じないというのであった。

私がもう一度イサベラに説明すると、イサベラは、

「論点がぼけている」

というのだ。私は、大変苦しい気持ちになって、先ず、「第一に私の趣旨は give, give,

give and give」だと言った。次に、

「日本には碁《ご》というゲームがある。四つの隅を同時に見ながら、陣地を取っていくものである。西洋的に物事を絞って、論理を明確にしていくのとは違うのです」

と説明を試みた。

イサベラはせっかく善意で私の英語力不足を援助してくれたのだが、そもそも、私の論点の絞り方が曖昧《あいまい》で、彼女には伝わらない様子だった。

彼女は、私の論理が曖昧であると感じてアドバイスをしたことが、私たちの間に亀裂を作りはしないかとでも思ったのか、

「後でまた話しましょうね」

と言って、サポートの時間を終えた。私はとても悲しい気持ちになった。

ピアニストの手配については、「いい人がいる。バーバラ・スウェティーナという音楽家で、オーストリアのモーツァルト音楽院を卒業した人よ。きっと、あなたには合うと思う。アレンジしましょう」

と言った。

さて、それから私の悩みは深まった。せっかくよいタイトルでありながら、私の論点の絞

り込み方ではうまくいかないといわれたことについて、何度も考えてみた。しかも、一時間の講演の中で話せる内容は限られている。考えれば考えるほど、眠れなくなった。

夕方、すでに暗くなったクルーニーヒルの森の中に出て行って、イサベラの言ってくれた言葉を何度も思い出しながら、どうまとめていったらいいのか、策を練ることにした。部屋に戻り、もう一度原稿を見直して、論点の流れと絞り込みについて考え直してみると、確かにイサベラの言ったことは貴重なアドバイスだと思った。

時間が足りない。講演の日までにできるだろうかという不安が頭をもたげた。話をする内容をもう一度ばらばらにして、組み直しをし始めた。そして、前に作り上げたものとはまったく違う話の流れにすることができそうだと思った時には、すでに夜中の三時をまわっていた。

残すところ、あと四日間であった。

カンファレンスが始まった朝に、私はフィンドホーンのもう一つの敷地であるパークに移動した。私の泊まったコテージは、ユニバーサルホールのすぐ近くにある、メンバーのジュディス・ボーンさんが管理していた家だった。ジュディスは五、六年程前に日本に滞在して、高校と大学で英語を教えていた人だという。日本人びいきで大変温かい心の持ち主だった。毎日夜中まで私が作業をしていても、少しの邪魔もせず、時折、紅茶を淹《い》れてくれたりして、激励してくれた。途中で一回、私の苦しみをジュディスに語った。今自分の置かれている状況を話してみたら、ジュディスは、

「あら、なかなかいいじゃないの。そのままでいいのよ」

と言って、にっこりと笑い返してくれた。異国の地での講演を直前にして、追い詰められた私の気持ちを、なんと柔らかく包んでくれたことだろう。ジュディスは、アドバイスをする代わりに、温かい愛の気持ちで私のことを包んでくれた。そのことが私の気持ちをさらに落ち着け、やる気にさせてくれて、論旨を明確にしていくことに役に立った。

二度目のイサベラのアドバイスの日に、論点だけを彼女に話してみた。イサベラの顔には、少しの満足感もなく、さらに手厳しいアドバイスが飛んだ。私は翌日までに直すと約束をした。

バーバラ・スウェティーナさん

バーバラとは、ピアノがある部屋で初めて会った。大変な美人で、人を包み込むような笑顔の素敵な人で、この人とだったら一緒にできると信頼した。

カンファレンスの原稿打ち合わせの合間を縫って、バーバラのピアノと合わせる練習が進んでいった。

音楽を作り上げていく練習は、苦しい心の状態を非常に和らげてくれた。美しいバーバラの笑顔を見るたびに、私は彼女を天使のように感じ、この人をいつか日本に呼べたらと、合奏をするときに思った。これは後に実現することとなるのである。

いよいよ講演

イサベラからアドバイスを受ける最後の日、私は彼女に心からの感謝を述べた。しかし、論点を絞っていくという作業は、私には難しすぎて、とてもうまくできないと説明をした。すると、彼女は、

「そのままでいいですよ。全力をあげて、明日はがんばってください。私も司会で少し説明を加えてあなたを紹介します。頑張りますから」

と言ってくれた。前夜はほとんど眠れなかった。頭の中は、講演する言葉ばかりが空まわりし、論旨がうまいように運ばないことばかりが先に出た。あれこれ手を加えていて、とうとう明け方の三時ごろまでかかって考えをまとめ終えベッドに入ったが、まんじりともせず夜を過ごし、木曜日を迎えた。

講演会場であるユニバーサルホールには、講演予定時刻の一時間前の八時に入った。すでに数名のスタッフが照明のチェックやマイクロホーンのチェックで走り回っている中で、

チェロの調弦をしているときにバーバラが入ってきた。にっこり笑った彼女は、「Don't worry. We'll do our best together.（心配しないで、大丈夫。一緒にベストをつくしましょう）」と言って慰《なぐさ》めてくれた。

ユニバーサルホールで、いろいろな準備が並行して行なわれている中で、チェロとピアノの練習が始まると、他の人たちが作業を止めて聴き入ってくれた。

なんと終わった後で、みんなから拍手が沸《わ》いた。

それだけで私は助けられ、ほっとした気持ちになった。舞台の陰では、イサベラがじっと成り行きを見ていてくれた。

舞台での練習が終わって引き上げてきたら、イサベラがにっこりと笑って、私に朝のハグをしてくれた。ここまできたらもう逃げ場はないんだ、というような気持ちになり、ホールの椅子《いす》に腰をかけて始まる時間まで待っていた。

開演の九時近くなり、次々に人が入り始めると、ホールに緊張が走った。いよいよ朝一番の私の講演時間が近づいてきた。舞台が暗転して、ホールの真ん中のろうそくに照明が当たった。最初にイサベラの誘導で、全員が約三分の短い瞑想をした。その瞑想のおかげで、いらだっていた私の心は静かになった。

瞑想が終わり、照明がイサベラにあたると、イサベラが私の紹介を始めた。彼女は私のことを、「Master Shin」（マスターは聖者のような人につける呼称）と皆に紹介した。そして、英語の不足を補うことで私の講演の手伝いを少ししたこと、「Give, Give, Give and Give」という私のスピリットに非常に感動したということを、先手をとって皆に紹介してくれた。さらに、私の話がいろいろなところに飛ぶことを、私が日本の碁の話にたとえて彼女に説明したことで彼女が感動したことを皆に披露したりして、今回の講演の趣旨を説明した。しかも私のおかしな日本語訛《なま》りの英語のアクセントを真似て、聴衆に語ったのであった。皆がそれを聞いて笑い、場がなごやかになった。

彼女が私を紹介してくれている英語が、私にすべて理解できているわけではなかった。

しかし、皆がそのたびに笑ったり拍手をするので、つい私も吸い込まれるように手を上げたり、立ち上がったり、笑ったりしたら、私のほうに照明が向けられた。もうすでに私の講演はにぎやかに始まっていたのである。そして、私がホールの中心にチェロを持って現れたときに、聴衆は大きな拍手で迎えてくれた。

アヴェ・マリア

私は簡単な挨拶をしたあと、

「音楽は神の声である」

といって、グノー・バッハのアヴェ・マリアをバーバラと演奏した。この演奏が会場の雰囲気を一変したようだった。皆の意識がいっせいに私に向けられ、話をきいてくれようとする感じがひしひしと伝わってきた。

まず私は日本から持ってきた太い筆と墨汁を用いて私の名前を白い大きな紙にその場で書いて見せて、人の眼を惹《ひ》こうと思った。漢字の意味の説明から始めようとしたが、私のテーマとはまったく離れており、これはあまり受けなかった。

次にイサベラが、私のことを極東から来たと紹介したので、日本国内で販売されている世界地図をプロジェクターで見せ、

「日本は世界の中心に描かれている」

と言い、更に、

「このフィンドホーンは極西に描かれている」

と説明したら、会場は大笑いになった。

いよいよ本題に入った。私のがんの治癒体験を、あらかじめ準備していた原稿にそって話しはじめた。下手なアクセントの日本人の英語では、どうも聴衆の反応が今ひとつなのを感じはじめた。

私は作戦を変え、今まで用意してきたものを一切かなぐり捨てた。

火事場の馬鹿力か、野となれ山となれの土壇場の精神なのか、ローマ帝国の崩壊の話と日

本の没落が始まっていることについてはほんの少しにして、かわりに、日本では心臓病で死亡する人たちが減り、がんで死んでいく人々がどんどんと増え続けている傾向であることを、厚生省のデータを使ってスライドで示した。全死亡者数の四分の一の人たちががんで亡くなっていると話した。

私ががんの末期患者だったこと、病院を去りがんに愛を送ったことで、がんがどんどん小さくなり始めていることを話した。

さらに、空気、水、食物の汚染が血液を汚し、ストレスがからだからの排毒を妨げ、そのような中で私が一日に一〇杯から二〇杯のコーヒーを飲んで、眠気と戦いながら一生懸命がんばって働いたことを強調した。

がんになって、自分ががんを作ったことを自覚したこと、そして、日本の北アルプスの中に、日本で初めて作られたホリスティックヘルスセンターである穂高養生園に、月のうち一週間くらい滞在していることなどを、スライドを用いて話した。

穂高養生園で出会ったケイトとの縁で、私がフィンドホーンに招かれたこと、このカンファレンスに参加する前に体験週間に参加したこと、フィンドホーンの食事の良さと愛のエネルギーの素晴らしさ、ハグの素晴らしさに、私はすごく救われたということを、原稿なしで熱心に語った。よく見ると、皆の注目が集まってきているのを感じた。

私のこのがんは、きっと治っていくだろう、それはフィンドホーンの愛の精神で、さらに加速されていくだろう、と言って、最後にパブロ・カザルスの「鳥の歌」をバーバラと演奏した。

演奏が終了しても、私は弓をチェロから離さなかった。何も拍手がなかった。一〇秒経ち、二〇秒経ち、三〇秒経ち何も聴衆からの拍手はなかった。

やがてつぶっていた目を開いてゆっくりと椅子から立ち上がって、バーバラに感謝の念を眼で合図して聴衆に向かって二人で挨拶すると、ユニバーサルホール全体からたくさんの拍手が沸《わ》き起こった。なんということだろう。そして私の講演は終了した。

まずイサベラが私のところにきて、

「大変良いスピーチでしたよ。とても素晴しかったわ」

と褒《ほ》めてくれて、深いハグをしてくれた。彼女から見て、その迫力たるや上出来だったとのことである。

バーバラも私に駆け寄って、祝福のハグをしてくれた。

生まれてはじめてと思えるような大感動が、私の心を包んだ。

ホールの入り口に出て、講演中に同時録画した自分の講演ビデオを購入したいと思ったら、最初の一〇〇本のビデオはすでに売り切れていた。

チベットベル

午後になり、ウェールズから来たという長身のデイビッド・マクドナルドさんが、私にプレゼントらしいものを持ってきてくれた。それは初めて見るチベットベルというものであった。ロサンゼルスに住むチベットベル奏者が使っていたものだそうで、彼はフィンドホーンで瞑想をするために持参したものだと、その由来を語ってくれた。そして、このチベットベルは、あなたが持つにふさわしいので、しばらく預かって欲しい、と言い置いてその場を去って行った。

今でもこのチベットベルは、私の部屋で毎朝荘厳な音色で、私を瞑想へと誘ってくれている。そして、フィンドホーンから帰った後、私はさまざまな所から招かれて、このチベットベルとともに、旅をし続けることになってしまった。

講演の後、毎日のように沢山の人たちが、プレゼントを持って挨拶に来てくれた。ある人は、フィンドホーンの浜辺から拾ってきたという、波に磨かれて丸くなった白い石をもって、講演のお礼に来てくれた。長い年月の間に丸くなったその石は、手のひらに入れるとエネルギーが感じられた。ある人はフィンドホーンのショップで購入したエンジェルの小さな人形だったり、またある人は絵葉書に素敵な文章を書いて、持ってきてくれたりした。

オリエンタル・ヒーラー・シン

実は体験週間の参加者のひとりで、スイスから来た腰痛がひどい人に、私が手を当てたところ治ってしまった。その人が感動してそれを言いふらしてしまったため、カンファレンスの最中、私がコテージに戻ってくると毎晩のように部屋の前に三人から四人の人が待っていた。みな腰痛だった。

私がたくさんの人たちを癒すといううわさが広まり、「オリエンタル・ヒーラー・シン」というあだ名がついてしまった。

私は自分の講演のまとめをしなければならない時間でもあったが、毎日のように訪ねてくる人たちの痛む腰に手を当てて愛を送り、ただ祈った。

皆は共通して「痛みがとれました、ありがとうございます」と礼を言って帰っていくのであった。私が断わってもお金を置いていく人さえいた。私が、自分の中に、私のからだを通じてその人たちに与えることのできる、何らかの癒しの力があるとはっきり自覚したのは、そのときが初めてであった。

ジュディス・アンドロメダさん

カンファレンスの最中に、ジュディス・アンドロメダさんという人に出会った。彼女は、クレタ島で国際会議を開くので、そのときに講演をしてくれる人を探しに、フィンドホーンのカンファレンスに来たと言った。そして、あなたこそ私が求めていた人だと言ってくれた。カンファレンスが終了した翌日、彼女は私の部屋にやってきた。

彼女は私の了解を取ったうえで、誘導瞑想というものを私に試みた。私にとってこのようなことは初めての体験だった。いわれるままに椅子《いす》に座り、目をつぶり彼女の言葉に従っていった。はじめにイメージの中で、大きな岩の扉のある砂浜に出た。その砂浜で大きな岩に向かって声を上げると、その岩の扉が開かれ、扉の隙間から黄金の光が漏《も》れ出していた。その光を頼りに奥まで歩いていくと、最後に岩の棺があった。その棺を開いたところ、まばゆいばかりの光が出てきて私のからだを包んでしまった。しばらくその部屋に静かに身をおいていたら、ジュディスの声が聞こえてきて、いつの間にか眠りから覚めていた。

誘導瞑想という不思議な体験が初めてだったこともあったが、ジュディスの霊的な能力のすごさにも舌を巻いた。なぜこんなことが起こるのだろうと思った。信じられないような、有り得ないことが目の前で繰り広げられ、しかも自分が体験させられたことに驚いた。

ジュディスとはフィンドホーンで別れた後、何回かファックスで連絡を取り合って、翌年に開催されるカンファレンスへの参加を詰めていたが、ユダヤ人のスポンサーが急に亡くなったということで、このカンファレンスは幻の会議になってしまった。その人は世界的に有名な大金持ちであった。しかし、ジュディスに体験させられたこの誘導瞑想は、私を新たなる冒険の旅に誘うきっかけにもなったのである。

第7章　フィンドホーンを離れてロンドンに

ボブ・メルビンさん

体験週間を終えたとき、私は今までの人生で、こんなにも短い期間に心を開いて人と付き合ったことは一度もなかったと思った。

フィンドホーンという場所も素晴らしかったが、体験週間というプログラム自体がさすがの内容だった。

一三カ国からこの体験週間に参加した合計二三人の人たちとの縁、さらに世界中からこのカンファレンスに集まった人たちの温かい波。これらが大きな波動となって感動を与え、私のからだをホリスティックに、まさに統合医学的に癒してくれた。

カンファレンスが終わってからも、私はしばらくフィンドホーンに滞在を続けた。まだコミュニティの中にカンファレンスの興奮が残る中で、一緒に体験週間に参加していたボブ・メルビンさんと話す機会があった。彼はカナダの西オンタリオ大学の政治学の教授で、サバティカル（研究職にある人が、ある一定期間を研究のために取得できる休暇）の身で、ロンドンの牧場にコテージを六カ月間借りて、本の執筆活動に入っていた。年齢はほぼ私と同じ五〇歳ぐらいだった。彼は唐突に私がフィンドホーンを去る日程を聞いてきた。私がフライトのスケジュールを答えたら、彼からとても面白い提案があった。彼は自分の車でロンドン郊外からフィンドホーンまで、二日間かけてドライブして来ていたので「その車で一緒にロンドンまで帰りませんか」と言うのである。

私はその提案を受けることにした。しかし、ロンドンまでのエアーチケットはキャンセルしても返金されなかった。

フィンドホーンを離れる前に知ったこと

たくさんのことが起こったフィンドホーンを離れる前の晩、それまでお世話になった人たちに、挨拶をしに行った。英語ではどうしてもコミュニケーションが不足しがちだった私を、たくさんの人たちがサポートしてくれたからだ。私の講演を心からサポートしてくれたイサベラ。ピアノの伴奏で私のチェロを盛り上げてくれたバーバラ。フルムーン（満月）の祈りのセレモニーのときに、ディジュルドゥ（アボリジニの民族楽器）でチェロと一緒に祈りの即興演奏を行なってくれたクレイグ。そして、私を今回のカンファレンスに招いてくれたロジャー。部屋を提供してくれて、温かい愛でサポートしてくれた、日本で英語教師の体験のあるジュディス。そのほか、がんと知っていてハグで愛を送り続けてくれた沢山の

人たちに、二日間をかけてお礼に行った。もちろんアイリーンのところにもお礼を言いに行った。アイリーンは、

「今度はいつフィンドホーンを訪れるのですか」

と聞いた。私は確約ができないので、仕方なしに、

「また必ず参ります」

と、とても日本人的なあいまいな答えをした。だが今にして思えば、アイリーンは私が霊的な成長をしたことと、必ずまた来るという、将来のすべてを見通していたのかもしれなかった。

ロジャーのところに行ったときに、彼が驚くべきことを教えてくれた。

「今回の交通費は、実はケイトが支払ってくれたということを、知っていましたか？」

私はてっきりフィンドホーン財団が支払ってくれたものだと思っていた。しかし、財政の苦しいフィンドホーンに、多額の航空運賃がどうして支払えるのか、ずっと不思議に思っていたが、だれもそのことについて私に話をしてくれる人がいなかった。

そのことを聞いたときに、ケイトの顔が浮かんだ。私が到着する三カ月前に、ケイトはアメリカに戻っていた。フィンドホーンに滞在中、ケイトから速達便で、私に手紙が届いた。フィンドホーンのカンファレンスでよい成果がありますようにと、最後に結びの言葉があっ

た。私はフィンドホーンでまた会えると思っていたケイトに会えなかった寂しさを心に残していた。何か事情があったのだろうが人間の縁とはなんと不思議なのだろう。

フィンドホーンに一カ月近く滞在していた私には、いまやフィンドホーンは去りがたい場所であり、私の人生にかけがえのない大切な人との縁をもたらしていた。

皆さんが「また来てね」といってくれた時、できるものならまた訪れたいが、日本からあまりにも遠いフィンドホーンを、私が再び訪れるという可能性は、ほとんど残されていないだろうと思っていた。

理由のひとつは、からだのことであった。がんが完治するのだろうかという疑問、もうひとつは、収入のない生活をしていた私の、経済的問題であった。

ロンドンに着くまでの冒険

たくさんの人たちに別れを告げ、翌日、朝早くボブと一緒にフィンドホーンを出発した。フィンドホーン発祥の地であるパークを離れて、フォレスの町を通り、最初に、スコットランドにいくつもある、紀元前に作られたというストーンサークルに立ち寄った。朝八時なのに、高い緯度のために日の出前でまだ薄暗かった。初めてみるストーンサークルだった。ストーンサークルのある場所に入っていって周囲を歩いてみると、特別なエネルギーを感じ、磁石を取り出して方角を調べてみた。入り口が真東に向いてできていた。古代人がどうしてこれほど容易に方角を感じて、石を並べることができたのだろう。また、不思議な石の配列にも眼を見張った。

しばらくその場にとどまり、神秘的なエネルギーをただ感じてみた。


古代人の作り上げた神秘的な場所を静かに味わってから、この場所にさよならをした。車はまもなくインバネスにあるネス湖に到着した。

インバネスという地名は、ネス湖のほとりという意味だという。大きな断層がネス湖を作ったのか、細長いネス湖のほとりの、葉の落ちた木々の間をドライブしていくと、本当に怪獣がここに住んでいそうな気配だった。

やがて道はネス湖を離れ、エジンバラへと続く道に入った。ちょっと立ち寄って行きたい気持ちもあったが、またいつか来るだろうという思いもあって、遠くからエジンバラ城を眺《なが》めつつロンドンへの道を急いだ。

途中でスコットランドの山岳地帯を通過した。あたりを見るとかなり見事な岩登りの場所があちこちにあり、休憩した山小屋には岩登り用の地図さえ売っていた。この種の岩登り用の地図は日本にはないものであり、登山の盛んなスコットランドならではのことであると感心して、一枚を求めた。

切り立った山を眺めながら、若いころ岩壁を登った体験が思い出されて、早く元気になって、また山登りができるようなからだになりたいと思った。

車は夜遅くカーライルに入った。スコットフンドからイングランドに入ったばかりの所である。城壁が美しくライトに照らされた姿をボブと一緒に眺《なが》めながら、ボブはここがローマ帝国時代、皇帝の権力が及ぶ北限だったということを説明してくれた。スコットランドとイングランドがこの場所で分かれているのは、そのことが理由だとわかった。

観光地でもあるカーライルに宿を探すことは容易なことだった。古色蒼然とした宿に一泊した。疲れたからだでシャワーを浴びたあと、バーでほろ苦いビタービールを飲んだ。その味のなんとおいしかったこと。

地元のビタービールでからだが元気づけられたのか、私は寒い中を一人でカーライルの町の見物に出かけた。あまりにも日本とは風景の違う街の中を歩きながら、もしも自分ががんにならなかったら、決してこんなところには来ないだろうと思うと、また改めてがんに感謝した。異文化に接するときにからだに走る異様なセンセーションが、なんと心地よかったことだろう。

一時間ばかり歩いて宿に戻ったとき、ボブが私を待っていてくれた。

ボブは私の英語の力がそんなに無いことを知っていて、心配していたといってくれた。彼は私の言うことを一生懸命聴いてくれ、またコメントもしてくれた。私は改めてボブに聞いた。

「なぜそんなにまで、私に親切にしてくれるのですか」

といったら、

「あなたは光り輝いていた。だからひと目であなたのことを信じた」

さらにつづけて

「私こそ、あなたと一緒に旅ができることを、この上なく幸福なことだと思っています」

ボブは眼を輝かせて、私にそう答えてくれた。

そして彼はその夜、私に新たな提案をした。ボブがロンドン近郊のチェルトナムの牧場の中にコテージを借りているが、そこに私の好きなだけ泊まってほしいということだった。予想外の親切さに、私はまたびっくりした。

ブリストル・キャンサー・ヘルプセンター

初めてのことばかりのイギリス訪問で、私の頭はすでに色々なことで一杯になっていたが、ボブが、

「どこか行ってみたいところはありますか?」

と聞いてくれたので、私は二つの提案をした。一つは、ブリストルにあるブリストル・

キャンサー・ヘルプセンターであった。

新しい代替医療でがんの人たちを癒すという初めての試みが、ブリストル市にあったこの施設で始まっていたからだ。穂高養生園の福田俊作さんからその話を聞いたとき、がん患者の私にとって、ここを訪れることは極めて大切だと思ったが、自分ひとりで訪ねることができるのか自信がなかった。そこで私は早速ボブに、ここに行ってみたいと言った。

もう一つは、クリシュナムルティセンターだった。ブロックウッドにあるということだった。クリシュナムルティに強く惹《ひ》かれていた私にとって、亡きクリシュナムルティの残したものに、ぜひ接してみたいという思いがあった。

ボブは二つとも、

「いいですねえ。私も行きたいです」

と言って同意してくれた。

翌朝早くカーライルを出発し、ボブの借りているチェルトナムのコテージには夕方に到着した。壮大な牧場の中にあるコテージは、彼が本を書くために借りている場所だった。見渡す限りどこにも家がなかった。

到着してからの数時間は、ただ牧場を歩きながら、私は忙しかったこれまでの旅から離れて、本当に心の落ち着ける静寂な時間を持つことができた。ボブはしばらく留守にしていた部屋を暖めるため、暖炉に木をくべて部屋を十分暖かくしてくれた。そして私の好きなようにさせてくれた。それからの二日間は、朝から晩まで食事のとき以外は、人と会話をすることもない生活だった。ボブも本を書くことに専念していた。

こんな時間は、今まで私の人生にあっただろうかと私は思った。コテージにはラジオもテレビもない。きわめて静かな環境だった。夕食後は私がチェロの練習をするのを、暖炉の脇でボブがのんびりしながら聴いてくれる日々だった。

いよいよブリストル・キャンサー・ヘルプセンターに行く日が来た。牧場を出てチェルトナムの街でボブがキャンサー・ヘルプセンターに電話をかけてくれた。私たちがぜひ訪問したいことを先方に伝えたところ、チェルトナムからブリストルは車で二時間くらいの距離だという返事で、比較的近いことが分かった。

センターにつくまでの間に私たちは何度も道を間違えて、なかなかたどり着けなかった。ようやくセンターに着いたとき、二人で大喜びした。日本人とカナダ人が、イングランドのキャンサー・ヘルプセンターを訪問するという珍道中だった。

訪問してみると、このキャンサー・ヘルプセンターにはたくさんのがんの患者さんたちがいた。食事と瞑想が中心の治療方法だという。医師もいた。何かフィンドホーンと共通点を感じた。

このセンターはもともと非常に大きな個人の邸宅で、中にチャペルまであり、ブリストルを見下ろす高台に建っていた。責任者の人に自分のがんのことと、フィンドホーンのカンファレンスに招かれて講演をした帰りであることを伝えたところ、そのことだけで大変な好意を持って迎えてくれた。

すでに英国ではこうした医師を含む団体が、スピリチュアルな方向性をもち、食事と瞑想を中心としたがんの治療を実践しているのを目の当たりにした時、私はまさにこれだと思った。

これからの医学が、きっとこのような形になっていくだろうという予感を持って、しばし興奮状態になった。しかもキリスト教の礼拝所であるチャペルを除いては、何を見ても穂高養生園と似ていた。

このセンターには、もちろん手術室もなければ、レントゲンの検査機器も一切なかった。あるのは、静かな環境の中で瞑想をすること、散歩をすること、食事のメニューを自分たちで学び、工夫しながら自分たちで作って食べるということだけだった。しかしただそれだけのことが極めて優れた癒しの方法だと私は感じていた。

私たちもセンターの人たちと一緒に同じ食事を摂りながら、いろいろ質問を試みた。がんの人たちが、あまりにも嬉々としてセンターのプログラムに参加していたからだ。

ここのプログラムは原則一週間のコースであった。一週間泊り込みのプログラムの中身

は、非常にフィンドホーンの体験週間と似ているところがあったので、そのことをたずねると、

「フィンドホーンを参考にしました」

という答えが返ってきた。四時間ばかりをこのセンターで過ごしてから、ブリストル市の中をしばらくドライブして、夕方には牧場のコテージに戻った。

ボブは今回のこの施設の訪問を大変喜んでくれた。がん治療の最先端の施設を見学することができたからであった。彼はこの体験が、自分の専門である政治学の研究にも大きな影響を与えるであろうと言った。

クリシュナムルティセンターの訪問

またチェルトナムの牧場のコテージでの静かな生活にもどった。次はクリシュナムルティセンターの訪問である。電話でアポイントメントを入れたときに、私がチェロを弾くということを伝えたところ、

「喜んでお待ちしています」

といってくれた。一泊二日の旅となった。

到着したのは、ハロウィンの十月三十一日の夜であった。私にとってはハロウィンという

名前を聞くのさえ初めてであった。センターのあちこちにカボチャがくりぬかれ、面白い顔にかたどられたカボチャのなかには、ろうそくが灯《とも》っていた。その晩は寸劇などのいろいろなイベントを交えて、ハロウィンのお祭りが行われた。

責任者の人から

「みなが集まったところでチェロを弾いていただけませんか」

と頼まれ、私は演奏することにした。

アヴェ・マリアに始まり、日本のメロディである「さくらさくら」や、最後にカザルスの「鳥の歌」を演奏した。約一〇〇人は集まっていただろうが、聴衆は本当に静かに聴いてくれて、演奏が終わると盛大な拍手でこたえてくれた。ハロウィンのお祭りがあったこともあって、センターに滞在していたたくさんの学生たちが、ボブと私に話しかけてくれた。日本ではまだ知られていない場所だったので、おそらく彼らにとっては初めての日本人の訪問者だったのだろう。心からの素晴らしいもてなしで歓迎してくれた。

夜は遅くまで暖炉の前で、皆と語り合った。

翌朝起きてみると、センターの周りに何百頭とも思われる羊の群れを見ることができた。羊たちの目を見つめていると、なにか不思議なくらいに心が和《やわ》らいだ。

滞在している間に、併設されている図書館に足を運んだ。そこでテープで聴いたクリシュナムルティの言葉が、強く私の心を打った。帰るとき、クリシュナムルティの最後の講演のカセットテープを求めた。英語が聞き取れないかもしれないと思い念のため本も購入した。

ボブにお別れを言う日が来た。体験週間以来、一緒に過ごした一カ月以上の長い期間を振り返り、人生にはこんな思いもしないことが本当に起こるのだと思うと、何とお礼をいってよいのか分からないくらいの感激だった。

ガイ・ドーンシーさん

フィンドホーン滞在中にとても親切なカナダ人に出会った。彼の名前は、ガイ・ドーンシーさん。ガイは作家であり、またフィンドホーンのフェローをしていた。フィンドホーンに滞在中に、彼は私をフィンドホーンの仲間たちに次から次へと会わせてくれた。そしてカンファレンスが終わり、数日たって彼がフィンドホーンを去るときに、

「ロンドンにきたら、ぜひ私の家に泊まってください。部屋は一室を用意しますので、自由に使ってください」

と言ってくれた。

このありあまる好意をしっかりと記憶していた私は、そのことをボブに話すと、同じカナダ人同士ということもあり、ボブは早速、ロンドンのガイに電話を入れてくれた。

「シンをどういう方法であなたのところへ送り届けようか」

「いや、彼は旅慣れているから、列車で大丈夫だろう」

ということで、私は一人でチェルトナムからロンドンのパディントン駅行きの列車に乗りこんだ。

お世話になったボブへの心からの感謝とともに、別れのつらさを感じた。これほどのことが、奇跡でもなく起こっていくこの毎日の素晴らしさに、ただ息を飲むばかりの感動だった。


チェルトナムを十一時半ごろ出て、ロンドンには約一時間後に着いた。パディントン駅がだだっ広いうえに、改札口がないのにまず驚いた。私が列車に乗る前に、ボブが私の列車番号を電話でガイに教えておいてくれたのか、ホームにガイが迎えに来てくれていて、私がどの車両から出てくるのか探しながら待っていてくれた。

初めてのパディントン駅の構内。写真で見るだけだったパディントン駅が、まずは異様なかたちで私の心を捉《とら》えた。天井が高い黒ずんだ鉄骨丸出しの構内が、だだっ広く広がっていた。ものめずらしさが先に立って、迎えにきているはずのガイを探すより先に、あたりの景色を眺《なが》めていた。

ガイとは最後に会ってからまだ二週間しか経っていなかったが、それでも私の胸には何か懐かしさがいっぱいこみ上げてきた。

「ハイ、シン。ロンドンにようこそいらっしゃいました」

と言って、ガイは私のスーツケースを持ってくれた。

「チェロは持たなくて良いですか」

と言ってくれたので、

「これは私の妻だから、私が自分で持ちましょう」

と半分冗談のようにいって、長いプラットフォームを歩いて駅を出た。

彼の家へは、地下鉄で行くという。

「それでいいですか」

と聞いてくれたので、私は

「もちろん」

と答えた。初めて乗るロンドンの地下鉄。地下深くまでもぐっていくエスカレーターにはびっくりした。日本の地下鉄はこんなに深いところにはなかったからである。ガイの家へ着いてから、少し疲れたのでひとりにしてもらい、ベッドの中でしばらく休養した。横になり目を閉じながらも、心はこの不思議な縁に驚きと感謝でいっぱいだった。

ガイからノックがあって眼が覚めたときに、外にはロンドンの夕闇が迫っていた。「シン、今日はロンドンにいるフィンドホーンの関係者が、ここであなたの歓迎パーティーをやることになっている。驚かせてごめんね」

夜、六時も過ぎてから、一〇人を越える人たちが次々にガイの家に集まってきた。フィンドホーンのカンファレンスで出会った人も何人かいた。フィンドホーン・スタイルで、皆はにこにこしながら、一人ひとりが私をハグしてくれた。食事は皆が一品ずつ持ってくるというシステムだった。彼らは到着すると、自分の作った新鮮な野菜類のサラダから、パイ、スープ、果物、ケーキをテーブルに並べはじめた。なつかしい玄米のせんべいを持ってきてくれた人もいた。

ガイは改めて、私のことを皆に紹介してくれた。とても和《なご》やかなパーティーで、私もチェロをケースから出して、日本のメロディとともに、「アヴェ・マリア」や「鳥の歌」を演奏した。皆はフィンドホーン・スタイルの、拍手を「しない」拍手であるチベット式拍手で、一曲が終わるたびごとに、最後の曲が終わるまで、私にエネルギーを送り続けてくれた。

昼寝をしておいたので、私のからだはとても快調だった。夜遅くまで皆と語り合ったが、残念ながら細かいところはほとんど理解できなかった。しかし、もうすこしも失望はしなかった。というのは、皆の顔を見ているだけで、私に何を言おうとしているのかを、すべて感じることができたからである。

ロンドンでの最初の夜が終わった。玄関で来てくれた皆にひとりずつお別れをしながら、最後にガイに心からお礼を言って、寝室に戻った。私の胸の中にこみ上げてくる感謝の念は、ますます深まっていった。

ロンドンはフィンドホーンとは違う

翌朝六時に眼が覚めて、日の出を見るため一人で近くのハイドパークに行ってみた。すでにたくさんの人たちが、犬を連れてハイドパークを散歩していた。フィンドホーンと同じように、会う人に、「ハロー、お早うございます」と声をかけたが、誰一人として私の方に目も向けなければ、挨拶を返してもこなかった。同じ大英帝国の中でありながら、フィンドホーンとロンドンの雰囲気の違いにびっくりした。

約一時間ハイドパークを散歩して、日の出を見てガイの家に戻った。すでに朝食を準備していたガイに、

「ロンドンの人たちは、フィンドホーンの人とまったく違っていますね。ハローと声をかけても、ぜんぜん見向きもしてくれなかった」

「いや、そうなんだ。そのくらいにフィンドホーンの人のエネルギーと、ロンドンの人のエネルギーは違うんだ」

彼は、笑いながら私に答えてくれた。

「シン、ロンドンの人は挨拶をすると、エネルギーを消耗すると思っているらしいよ。そして、会う人びとが全部危険で、縁ができることを恐れているみたいなんだ。僕だってそう感じているんだから」

二人して大笑いした。そのくらいにロンドンの雰囲気はあまりにも都会的で、愛というエネルギーが欠乏している場所でもあった。ガイは私と食事をしながら、

「実は今日の午後二時に、僕の親しくしているチェリストを呼んでいるんだ。彼女はＢＢＣ交響楽団のチェロ奏者で、もしも良かったら一緒に合奏したら？」

といってくれた。また新しい出会いが、そこでもたらされることがわかった。

午後になって、ガイの友人であるスザンヌがチェロをもって入ってきた。長身のスザンヌは、

「今日は、夕方からＢＢＣ交響楽団の練習が入っているので、あまり時間がなくてごめんなさいね」

と言いながら、スザンヌがケースからチェロを出したときにびっくりした。素晴らしく良い楽器である。さすがＢＢＣ交響楽団のチェロ奏者だと思った。

どうも私は、あまりに素晴らしい人に出会うと、自分がどうしたらいいか分からなくなるらしい。

スザンヌがチェロの二重奏のやさしい曲と、難しい曲の譜面を持ってきてくれた。難しい方はとても初見では手に負えるものではなかった。やさしい方を二人して、ガイの持っていた一本の譜面台で演奏をし始めた。

スザンヌの弾くチェロからなんときれいな音が出てきたことだろう。合奏の後、スザンヌがソロで、エルガーのチェロ協奏曲の第一楽章を弾いてくれた。ガイと二人で、彼女の演奏する音色に酔いしれた。彼女が帰ってから、なぜこんなことをしてくれたのかガイに尋ねた。

「シン、フィンドホーンであなたが講演の中で弾いてくれたチェロの音色が、あまりにもきれいだった。また満月の夜に、クレイグのディジュルドゥと一緒に弾いてくれたチェロの音色がとても美しかったので、せっかくロンドンに来るんだったら、僕の友人を紹介したかったから」

そう言ってガイは、にっこり笑った。

地下鉄駅でチェロを弾く

スザンヌが帰ってから、ガイは私に新たなる提案をした。

「ロンドンの地下鉄でチェロを弾いてみない？」

何を意味するのか、私は最初わからなかった。

「僕がこの折りたたみの椅子を持っていくから、地下鉄で人が出てくるところに反響の良いスペースがあるので、そこで弾いてみたら」

彼は本気だった。


我々は間もなく、地下鉄ピカデリー・サーカス駅のコンコースの隅にいた。ガイがチェロのケースの中に、前もって五ポンド紙幣といくつかコインを入れてくれた。もちろん私はこんなことはしたことがない。仕掛けられたなと思い、正直なところ私はびっくりしたが、なすがままにしていた。

「シン、弾いてよ」

ガイが言うので、私はその場所で弾き始めた。曲はカザルスの「鳥の歌」だけであった。はじめのうちは通り過ぎていく人ばかりだったが、立ち止まって聴いてくれる人が出はじめた。そして気がついたときには地下鉄が着いて私が弾き出すたびに、五人から一〇人くらいが私の弾く曲に耳を傾け、お金をチェロケースの中においていくのであった。約一時間そんなことをやっているうちに、お金は五〇ポンドを越えていた。

「シン、大成功だったね」

とガイは私にハグしてくれた。チェロをケースにしまって、ピカデリー・サーカスの地下の場を後にした。そして集まったお金を山分けだといって半分彼に渡したら、彼は「ありがとう」といって、全部私に返してくれた。

また地下鉄に乗りガイの家まで戻る間、涙がでて仕方なかった。あふれる感謝を素直にいい表わせる言葉を見つけることができなかった。

ロンドンのスピリチュアルな展示会

その夜、ガイから新しい情報がもたらされた。

「ロンドン市内で、スピリチュアルな展示会があるけど、行ってみない？」

もちろん何事にも興味を持つ私のことで、すぐにその話に乗った。翌日、私は一人で展示会に出かけた。入場料は五ポンドだった。

有機農法の食品やサプリメントに混じって、キルリアン写真のブースがあった。写真を撮影してもらうのに五ポンド、写真に深い分析説明付きで一五ポンドと書かれてあった。私にはちょっと高額だったが、やってみようと思った。

初めて体験するキルリアン写真撮影は、暗箱の中に印画紙が置いてあり、その中に手を入れて、一〇万ボルトくらいの電圧をかけるという。希望者が列を成して待っていた。私の順番が来て、暗箱の中に手を入れた。瞬間、高電圧がかけられ、電流が流れるのを感じた。

しばらくして、現像された印画紙を持った担当者が私の目の前に現れた。まず彼は、
「あなたのオーラを見ると、聖者みたいですね。なにか特別なことをやっている方ですか？」
と語りかけた。私がちょっと自分の事情を説明したところ、彼は大変感動してくれた。

その写真を見るだけでは、私にはうつし出されたものがどのような意味を持つか皆目見当もつかなかったが、分析結果を見ながら彼が言ってくれた内容を要約すると、「あなたは感情のパワーがすごい。すごく強い。しかし、それを人にあまり押し付けないようにした方がいいと思う。あなたの血液は極めてきれいです。非常にたくさんの毒素を容易に外に出すことができています。あなたは心の中で疑問がほとんどなく、人との衝突が避けられるような状況です。大きなネックは、内部と外部をつないでいくこと。これからスピリチュアルなヒーリングをうまくやっていくことで、成長することでしょう」

正直言って、自分がロンドンの街中でロンドン訛《なま》りの英語で、しかも通常のスピードで説明されては十分聞き取れるはずはなかったが、おおよそ自分が言われていることはわかってしまった。初めて見る自分のキルリアン写真の分析結果をみて、意外と良いところを突いていると感じた。

この展示会をひとまわりして、私は二つのものに大きく惹《ひ》かれた。一つはアロマセラピーという、香りで人を癒すというものであった。もうひとつが、花のエネルギーをつかったフラワーエッセンスだった。バッチレメディと表現されていた。フラワーエッセンスのことはよく分からなかったが、アロマセラピーはラベンダーの香りが私の気持ちをリラックスさせてくれると感じて、ラベンダーのボトルを一瓶もとめ、アロマオイルを蒸発させる装置も購入した。

夜、ガイの家へもどってから、ラベンダーの香りを部屋いっぱいに拡散させると、気持ちが深く落ち着いていくのを感じた。今までの自分の生活の中で、一度も出会ったことのないこのラベンダーの香りに、何か強く引かれるものがあった。次の日、朝食のときに、ガイに展示会の様子と自分の体験したこれらのことを報告したら、彼は私のキルリアン写真を見ながら、

「シン、いい経験をしたね」

と心から喜んでくれた。

アイリーン・ノークスさん

私がフィンドホーンに滞在中に、ガイと同じくフィンドホーンのフェローをしているアイリーン・ノークスさんがいた。彼女は六〇歳を越え初老の美しさをたたえたとても静かな人

で、フィンドホーンには早くからかかわりを持っていたという。カンファレンスのときに紹介されて、また、彼女は私のことを他の人に紹介してくれた。よく見ると、彼女はリュウマチで膝を痛めて困っていた。私がそのことを知って、カンファレンスの最中に手を当ててあげたことで痛みが消失してしまったことを、彼女は大変よろこんでくれた。私はそのときフィンドホーンに持って行っていた、マクロビオティックのブックレットを彼女に差しあげて、玄米菜食をすることを勧めた。別れるときに、

「もしもロンドンまできたら、時間の余裕を取ってデボンまで来ませんか？　ホリスティックな人たちがいっぱいいますし、デボンは景色がきれいですよ」

といったことが頭の中に残っていた。ガイに、アイリーン・ノークスさんのことを話したら、ガイはアイリーンを知っていて、

「いや、デボンには行くべきだ。あの地域はホリスティックな人々が活動していて、訪問するのはとても素晴らしいと思うし、このもうひとりのアイリーンもなかなかの人物ですよ」

といって、早速電話でコンタクトを取ってくれた。アイリーンは私の来ることを大変喜んでくれて、

「駅まで出迎えますから、着く時間を教えてください」

という。

翌日昼頃、チェロを持って、ロンドンから西の方角にあるデボン行きの列車に乗った。三時間以上かかった。列車がデボンに着くころには、すでに夕方近くになっていた。デボンの駅には、アイリーンが出迎えてくれた。また新しい場所で、新しい人との出会いである。日本から持参した千代紙のお土産がまだあったので、彼女の家へ着いてから、千代紙で鶴を折って部屋に飾った。

日本を出発するときに、かさばらず、かつ日本的なものをいろいろ探した。紙風船と千代紙を思いつき、この二つを持っていった。デボンで鶴を折って見せたときに、皆の喜ぶ顔を見て私は大変うれしくなった。

その夜アイリーンは、近くの人たちを呼んでパーティーを開いてくれた。この地域に集まっている人たちが国際的なのか、彼らの話す英語は思いのほか、わかりやすかった。列車の中やデボンの駅員たちの英語とは大違いだった。パーティーに来てくれた人たちの前でチェロを弾いた。皆は親愛の情を持って私のチェロに感動したと言ってくれた。

翌朝、眼がさめたときに、デボンの空気のおいしいことに気がついた。ロンドンと大きな違いであった。遠くまで景色を見渡すことができた。私はその風景を見て、この地が癒しの場であることが一日でわかった。

朝食の後、アイリーンは「この地域を案内しましょう」といって車に乗せてくれて、いろいろな施設を訪れては、私を紹介してくれた。会う人、会う人が、みなフィンドホーンの人たちと一脈通じた笑顔を持っており、歓迎のハグには大変心が和んだ。

お昼の食事はオーガニックのレストランに誘ってくれた。私がチェロを持っていることを店の人が見て、私にチェロ弾きかということを尋ねた。

「アマチュアのチェリストです」

と答えたら、アイリーンが、

「皆さんがチェロを聴きたい様子よ」

と言ってくれたので、このレストランでもチェロを弾く羽目になった。チェロを弾こうとしたら、それまで食事をしていた人たちが、食べることを一切やめて、聴いてくれた。

この土地の人たちは、エチケットをちゃんと知っているのかな、という気持ちになり、演奏家に対する認識に日本と大きな差のあることを知った。

食事の後、デボンのエネルギーを満喫した私は、アイリーンに心から感謝のお礼をして列車に乗った。夕日の沈む風景があまりにも美しく眼に映えて、心が喜びでいっぱいになっていることを、客観的に外から眺《なが》めている自分がいた。

デボンからガイの家まで戻って、また彼にお礼を言った。楽しかったデボンの様子を彼に語り、そして、自分の心の中に、もう日本に帰りたい気持ちが募っていることを告げ、帰りのチケットを予約したいと申し出た。彼は直ちに予約をしてくれた。翌々日、ヒースロー空港から日本への帰国の途《と》に着いた。飛行機の中では、あまりにもたくさんの人たちに出会ったことを思い出しながら、眠りに眠った。

帰国して

成田に着いたときに、不思議と疲労感は消えていた。何かからだが充実しているのを感じた。家へ戻って家族に、

「ただいま。元気で戻ったよ」

と言うと久美子は、

「お疲れさんでした。本当に心配してたんだから。いったい、いつ帰ってくるのかと思ってたんだから。無事に帰ってきておめでとう」

と言って本当に心から喜んでくれた。行く前の心配とはまったく異なる喜びが、私のからだの中を走った。

長い間不在にしていたので、帰国してからすぐ日本ホリスティック医学協会の人たちに連絡をとった。私が元気で帰ってきたという報告である。協会の行事として私が月次セミナーをスタートさせた手前もあり、早速その場でフィンドホーンの話をすることを申し出て、講演の要点を書いたチラシを作るように手配をした。

穂高養生園の福田俊作さんにも、無事帰ってきたことを電話で報告した。

「やあ、元気でおめでとうございます。そのうちに、ぜひ報告を聞かせてください」

と言ってくれた。

帰国して一週間後に私は穂高養生園にいた。養生園のまわり風景を見ながら、ケイトを思い浮かべ、すべてに感謝をした。私のがんの自然治癒は、この場所から始まっていたのだ。自然の空気、水、食べ物がきれいであることが、がんから治っていく決め手であり、また良い感情を持つことと、便秘をしないことが、からだを良くしていく一番自然な方法だということもからだ全体で感じた。

もうすでに数回の雪で、穂高養生園のまわりは一面雪景色だった。白一色の雪でまわりが清められた中で、自分が静かに座っているのが不思議だった。そして、フィンドホーンから続いた旅のたくさんの光景が、次から次へと浮かんできた。

穂高養生園にいる間に、日本ホリスティック医学協会での月次セミナーの講演内容を整理した。旅を振り返ることがとても楽しかった。まだ夢のようでもあり、しかし現実の旅だった。

久しぶりに気になっていたＣＴ検査をしようと思い、病院へ行って予約を取った。検査は二週間後に行われ、それから一週間後に結果が出た。

胸にあった小さくなりつつあったがんの影は、いずこかへ消えていた。

振り返ってみると、フィンドホーンへの旅は何だったのだろうか。日本にいるときには、予想もできないくらい、向うでの毎日が激務に近いスケジュールだったので、すこしは自分のからだの悪化を心配していた。しかし、反対に元気になって帰国したのである。

フィンドホーンに行く前に比べたら、養生園で出会うアメリカ人との会話が、すごく楽に出来るようになっている自分に気がついた。すべてがありがとうの連続だった。それ以外の何物でもなかった。何か見えない力に導かれているとしか思えなかった。自分が判断をして、この旅をしてきたのではなく、ただ何かの大きな導きに身をまかせ、素直に従ってきただけだった。行く前と後では私の気持ちが、まったく変わってしまったのである。そして、今、私はこの世でたくさんの人たちの力によって、生かされているのだということを、しみじみと味わった。

穂高養生園で出会った女性に、ヴァレリーがいた。彼女はＮＨＫの英会話講座を担当していた。ぜひフィンドホーンで起った話を聞きたいという電話があり、新宿の喫茶店で会って

話をしているうちに彼女から、
「ＮＨＫの英会話の講座で、フィンドホーンを取り上げてみたいんだけれど、どうだろう」という相談があった。フィンドホーンを日本の人々に紹介するにはまたとないチャンスだと思ったので、あらゆる資料を彼女に提供することを約束して別れた。そして、ヴァレリーは見事この仕事を果たし、ＮＨＫの英会話講座で二週にわたってフィンドホーンを取り上げてくれた。

十二月十一日、日本ホリスティック医学協会の月次セミナーで、「フィンドホーンを訪ねて」というテーマで、スライドを中心にフィンドホーンの話をし、チェロを弾いた。会場は人々でいっぱいだった。山川紘矢・亜希子夫妻も聴きに来てくれた。そして、私が無事に大役を果たしてフィンドホーンから帰国したことを心から喜んでくれた。

フィンドホーンに関して、たった一冊の翻訳された本『フィンドホーンの奇蹟』（その後、山川紘矢・亜希子訳で『フィンドホーンの魔法』〈日本教文社〉として出版）が、月次セミナーの会場で瞬く間に売れ、やがて出版社の在庫も底をついた。このことがきっかけとなり、日本のあちこちで、私のフィンドホーンの話を聞きたいという話が舞い込んできてくれた。しかも、講演料という収入がそれについてきた。しばらく無収入でいた私にとって、これほどうれしいことはなかった。

私の人生の一つの大きな区切りとなった旅は、がんが消滅することで無事終了した。そしてすべてのことに感謝した。
「ありがとう」という言葉が私のからだ全体を突き抜けた。

第８章　「がんに愛を送り、消滅した」ことを振り返って

まずなによりこの本を読んでくださっている方に伝えたいことは、無条件の愛がいっぱいのフィンドホーンから戻ったら、がんが本当に自然消滅していたという事実である。そして、がんに愛を送ったということが、私に大きな意識の変容をもたらしてくれたということだ。

顔付きまでやわらかくなったことが、自分でもはっきりと良く分かった。以前に比べ、一瞬一瞬に感じる意識のレベルが全くといっていい程変わったのだった。

振り返ってみると、がんが消滅するまで手術後三年以上かかった。本当にとても長い旅だった。

今、このがんが消えた時点で、過去に起こったいろいろなことを振り返ってみることが、自分にとってもとても大切で興味があることだと思った。

この章を、どこから書き出すべきかと迷ったが、頭に浮かんだまま、まず自分が病人として扱われたことから始めることにした。

ことの始まり——入院から退院まで

私がはっきりと病人扱いをされたのは、入院と同時だった。
入院が決まり、病室に案内され、寝巻きに着替えてベッドに寝かされた途端、牢獄にでも入れられたような感覚になった。
私は、自由が好きなB型の典型である。私にとっては、自分の自由がもぎ取られたも同然のようだった。

現実にも家に帰ることも外出することも、すべて担当の医師の許可が必要になったことで、ますます牢獄というイメージを強めた。

さらに入院中に、同じ病室のがんの人たちがほとんど皆、手術のあとに必ず抗がん剤や放射線治療を受け、誰もが同じように苦しんだ挙句に悪化して、やがて集中治療室に入り、死んでいったのを見たからでもある。

皆が亡くなっていく様子を見ていて、これらの治療法のどこかがおかしいということを、うすぼんやりと感じていた。そして現在の科学的な処置と、病院の医師を含むすべての医療関係者の人たちの病人への対応の仕方に、何かが欠けているという感覚をもった。

また、患者に対して、病院側が常に優位に立つという思想のもとに経営されていることにも、不満が残った。手術承諾書の件で、いやというほど病院の立場が優位であることの後味の悪さを経験したからだ。

入院中に主にお世話になった泌尿器科のほかに、内科、肛門外科、整形外科、放射線科、皮膚科の六つの科の合計一〇名の医師たちが、お互いに深い関連を持たずに別々の治療をおこなっていて、あたかも人間を自動車のパーツのごとくに扱っていることに、大きな疑問を持った。そして、私がどの医師に私の病状がこの先どうなるかをたずねても、だれも本当のことを答えてはくれなかった。

抗がん剤で苦しさが増していったときに、医師につらさを訴えても、親身になって聞いてはくれず、私の苦しみに深く同情するという感じ方をしてくれなかった。

放射線照射を続けているうちに、だんだんからだが弱っていき不安感が増していったが、泌尿器科の医師は自分の担当ではなかったのか黙りこんで、このことに取り合ってくれなかった。

特に今振り返ってもいやな思い出は、長い入院生活から手がしびれてきて、整形外科の治療を受けていたときのことである。私が西勝造の本にある平床硬枕《へいしょうこうちん》を思い出して、平らな板を病院内であちこち探してもらった。厚いベニヤ板を見つけて、ベッドの上に置いて寝たところ、まもなく痺れがすっと取れてしまった。私は本当にうれしかったので、整形外科の医師が巡回に来たときに、治ってしまったことを喜んで報告した。ところが、烈火のごとく急に医師が怒り出した。その態度を見たとき、患者が喜んでいることを怒った医師に対して、人間教育の不足を感じたのであった。

病室の床に絨毯を敷き、「お茶会」でお菓子や果物を食べたりして楽しんでいたのに、威圧的に中止させようとする婦長の態度に腹が立ち、私はその中止命令を無視し続けた。患者が喜んでいるという自由を阻害しようとしているからだった。

そして、治療を進めていくにもかかわらず、私はだんだんと体調が悪化していった。この状態から抜け出すには、自分が医師並み、または、さらにそれを超えるような勉強をしなければ、対処できないと感じた。

医師はなぜそのような処置をするのか？　本に書いてある、そうすることに決まっている、と言うだけで、納得のできる深い説明をほとんどしなかった。

「何かがおかしい」と思った。自分なりにもっと深く本当のことを知る必要があると感じていた。

私は医師の言うままを信じていた。自分の病名は右腎腫瘍であり、同室のほかの人たちは何々がん。自分だけががんでなく、腫瘍であると思っていた。

一日二四時間、からだと一緒に過ごしているのは自分自身であり、からだの状態を認識し把握して、一番良く感じているのも自分である。しっかりと責任を取っていかなければいけないと確信した。


病状が悪化していく中で、自分の葬式の夢を見た。その夢の中で自分のからだから私自身が抜け出すという体験をした。このような内容は、物理を学び、エンジニアを仕事にしてきた者としては、とても信じることができなかった。

しかし私はこの体験のあとで、嗅覚や聴覚が異常なくらいに鋭くなってきた。

とうとう夜中に病室の臭いに耐えられず、ベッドの毛布をはがし、小脇に抱えてナースステーションの前を通り抜け、病院の屋上にエレベーターで上っていった。はじめは毛布の上に座っていたが、やがて疲れて毛布をかぶって寝ていたところを看護婦たちに発見されて、病室に連れ戻された。

このことが病院内に大きな波紋を引き起こし、「一度退院してみるか？」という医師の売り言葉に、私は買い言葉で受け止め、直ちに退院を決意してしまった。本当のところを言うと、したくてしたくてたまらなかった退院が、できてしまったのだった。

病院で治療を受けるという状態から、退院して自宅にもどってからは、すべての状態について自分で責任を取らねばならなくなり、後には引けない状況を作ってしまった。だが、そこからが本当の自分に向かい合うことができた。あらゆる場面で自分を観察しながら、自分で工夫をしなくてはならない状況へと変わっていった。

退院後に行なったこと

前述と重複するが、退院後に行なったことを列挙してみよう。

1、自宅の水道水は病院と同じく強い塩素の臭いで、沸かしてもその水が臭《にお》って飲めなかったので、ミネラルウォーターを購入して飲み始めた。良い水を摂《と》り続けていくうち、水の良し悪しが、がんの治癒には極めて重要であることが身にしみて分かったのであった。

2、食欲がなく、食事が摂れなかったので、結果として断食をした。そして水酸化マグネシウムの製剤（スイマグという名称で販売されている）を摂取し、腸の中に溜《た》まっていた糞便を徐々に出していき、やがてすっかり出し切って腸をきれいにしてしまった。腸をきれいにすることで血液がだんだんと浄化されて、からだが少しずつ良くなり始める状態が見られた。

3、自宅では、医学的な治療は何もしてないのに、体調が良くなり始めたことを確認した。まずむくみが取れていった。食欲が出て、少しずつ食べられるようになっていった。毎日の小さな便りである小便の味を調べ、大きな便りである大便を便器から手にとって良く眺め、からだの中を通ってきた結果のこなれ具合を丹念に調べて、結論はもっとしっかりと噛むようにしなければいけないことだと気づき、食事のたびに注意を払うようになっていった。

4、からだのあちこちをやせ細った手の平でさすり、今まで自分を生かしてくれたことを感じながらすべての臓器に感謝の気持ちを送っていたときだった。痛みがひどい腫瘍がある部分に手を当てた時に、この腫瘍は自分で作ってしまったことに気づき、自分に心《こころ》から謝った。そして腫瘍は自分が作った子供だと分かり、がんに愛を送った。するとなんと痛みが徐々に減ってくることが分かった。耐えられる程度に痛みが減少し鎮痛剤を用いなくても眠れるようになった。この方法を続けていくことで、自分の意識を大きく変えることになった。

5、私にとっては、がんに無条件の愛を送ることが、すべてのがん治癒のスタートだったといってよいだろう。私は鎮痛剤を使わなくなった。病院で鎮痛剤を使った翌日は、いつも頭がぼんやりとしていたが、自宅に戻り薬を使わなくなると、鎮痛剤の副作用の恐ろしさに気づいた。鎮痛剤は自然治癒力を低下させていたのだと思った。

6、今まだ生きているということに感謝し、その日一日を「ありがとうございます」という感謝の念で過ごすことを心がけはじめた。そして新しい日の始まりである日の出を見ることをはじめた。
7、太陽を見ているうちに、あの太陽がなかったら、地球もなく、自分もなかったということを感じた。そして太陽が神様だということに考えが行きついたとき「太陽さん、ありがとうございます」と祈り始めた。
8、日の出の時刻にたくさんの小鳥がケヤキの梢に群がり、しかも、それが日の出の前にさえずりはじめるということに気づき、いつどうして鳴き始めるのだろうかと思った。
9、小鳥の鳴きだす時刻を調べることに夢中になった。まずはじめにデータをとるために、日の出のかなり前から起きて、時計をじっと見ながら私の家の前にある森を眺めて、小鳥の声が聞こえ始める時刻を測定した。そのデータから仮説を立てて、自宅に飼っていた小鳥を用いて実験をして、なぜ鳴き始めるのか理由を確かめることができた。
10、小鳥が鳴き出す時から日の出までの間、何もしない、何も考えないという時間を持てた。私の人生ではじめての体験であった。何も考えないという状態があることに気づいたのも、はじめてだった。何もすることがないから、ただ静かに座って呼吸を始めた。すると頭の中がだんだん空《から》になってきて、気持ちが落ち着いてきた。

11、呼吸を深めていくと、息を吐くことの重要性に気づいていった。からだにたまっていた悪いものを、深く呼吸をすることで口から外に出して行き、さらに吐く息をできるだけ長く深くしていくことで、からだ中の毛穴が開いて多量の汗をかいた。

12、吐くことに専念した呼吸に、軽く声を乗せて発声していくことを続けていくうちに、まず胸のチャクラを見つけ、そしてからだの背骨のラインに沿って並んでいる、七つのチャクラの存在に気がついていった。

13、七つのチャクラを下から上に順番に、ひとつずつ繋げていくような意識で呼吸をしていたとき、からだの中に快感が走った。やがて、呼吸がとてもうまくできたある朝、日の出を見ていると、胸のチャクラに太陽光が入り、第一チャクラからクンダリーニが上がるという体験をすることができた。

14、そのとき以来、何かからだ全体の感じる力が高まり、人のオーラがとてもよく見えるようになった。イコンのような宗教的な絵に描かれている光輪があることは本当なのだと納得した。世の中には科学的なデータが取れないために、迷信とか伝説として扱われていることがなんと多いことか。見える人たちには見えるのだ。

15、毎朝太陽に向かって般若心経を唱えていたが、ある日を境に、宮沢賢治の「雨ニモマケズ」に変わっていった。それから私は徐々に死は誰にでも訪れる当たり前のこととして、素直に受け入れることができるようになり、恐怖がなくなった。

16、できるだけ神社に通うことにした。拝殿に下がっている鈴を鳴らすと、背中がざわざわするような感覚になり、次に柏手を打つと、背中から何か憑《つ》いているものが飛び去っていくことを体験できた。そして自分のからだが楽になり、気持ちが晴れやかになり、思い悩むことが少なくなった。

17、柏手を打ったあとに、清められている神社の境内で裸足になって呼吸をすると、自分のからだがまるで避雷針のようになり、足から地の底にあるなにか得体の知れない力が入ってきた。同時に頭頂にある百会《ひゃくえ》というツボがさわやかに感じ、チャクラが大きく開き、頭の上からからだにどんどんエネルギーが入ってくる体験をすることができた。天地人とはこのような状態をいうのだと感心した。

18、マクロビオティックで食事を摂ることにより、根本的に体質を変える方法がなんと素晴らしいかが分かった。それによって、自分ががんを作ってしまったということに気づくに至り、病気の原因自体の大本《おおもと》に遡り、体質を変えることで、病気を治癒させていくことの真髄に触れることができた。

19、心にも感情の部分にも入り込めない科学の限界に気づき、がんは科学の力では絶対に治せないという信念に至り、ますます食事と心の持ちようが極めて大切であることを確信した。

20、やがて、勇気を持って家内の久美子に問いただすことができた。自分の胸のうちに思っていたことを正直に質問し、自分ががんに罹《かか》っているという事実を確かめたのだった。今までうすうす感じていた疑問が本当だったこと、久美子は私が心配すると思ってがんであることを知らせないようにしていたことを知り、改めて、家内を含む家族全体の愛を深く感じて感激した。自分ががんだということをはっきりと知って生きることの喜びが増し、さらに平和な気持ちを持つようになり、毎日が大切であるという心境になれた。

21、長いこと弾きたいと思い続けていたチェロを、二五年ぶりに毎日弾くようになった。チェロの練習は、肉体的には腕を動かすことで運動となり、それぞれの指を使うことで各経絡を活性化した。からだのあらゆる部分に注意を払いながら、感情を込めて演奏をする動作は、がんの手術後に低下していた体力をとりもどす運動としても大変素晴らしく、心身の癒しに大きな効果をあらわした。

22、音楽を演奏するということは、感情面で自分を表現しようと努力することであり、心とからだが一体になる訓練をすることができる。心とからだの関係をさらに強化する面からも、非常に大きな効果と変化をもたらしてくれた。

23、だんだんと自分の意識が高まってくると、もっと太陽の素晴らしさに気がついていった。さらには自分の中にいわゆる変容（トランスフォーメイション）が起こったことで、自分の進む道が見えてきた。自分のしたいことを自然に行動するだけで、目の前にがんを治していく具体的な方法が展開していった。

24、穂高養生園が設立されて、からだが自然に治っていく環境のすべてがそろっているこの場所に、毎月一週間から一〇日間通いつめたこと。滞在中にはいろいろな療法をおこなっている人たちとの出会いがあり、この出会いが次々に良い縁に導いてくれた。

25、ケイト・ラヴィノヴィッツさんに出会えたことが、その後の海外での活動の道を開いてくれた。ケイトはやがてフィンドホーンに行き、彼女が滞在中に企画された国際会議《カンファレンス》に私をスピーカーとして推薦してくれた。

26、穂高養生園に滞在中に、自然治癒力ということの本当に深い意味と、「治癒する」ということがどういう意味なのかが実感としてわかった。体力が回復するにつれて、からだ中のすべてがつながりを持っていることを感じることができるようになり、全体がつながっていることが腑に落ちていった。つまり智慧とは何かということが分かっていった。

27、少しずつ良くなっているということをからだ全体でとらえた。それはまず五感でとらえ、それらを統合した第六感ともいわれる直感で感じられるようになっていった。これは霊性を高めることに役立った。

28、ホリスティック医学に出会い、まさに自分が実践している医学だと一瞬のうちに感じた。これこそ本物の医学だと思った。そして日本ホリスティック医学協会設立に参画し、常任理事を引き受けることとなった。
29、がんがまだ残っていたが、フィンドホーンからの招待を受けることに決め、日本からはるか彼方のスコットランドの北のはずれに位置するフィンドホーンを訪れて、まず体験週間に参加した。フィンドホーンの入門であるこのワークショップで、無条件の愛という、真実の、見返りを求めない、与えるだけの愛をからだいっぱいに感じ、毎日たくさんの人たちから受けたハグに有頂天になった。
30、英語もほとんど聞き取れないため、国際会議で講演するというだけで緊張したが、参加をするだけで、すべての面で自分が鍛え上げられた。
31、次から次にたくさんの友人ができて、フィンドホーンを離れて日本に帰国するまでの間も、異国の地で起きた夢のような体験すべてに「ありがとうございます」と感謝して、毎日を過ごすことができた。
32、帰国して、極めて体調が良い自分に気がつき、病院でＣＴの検査を受けたところ、画像データ上では完全にがんが消滅していたことが確認できた。しかし、腎臓をひとつ失ったからだは、まだ疲れやすいという状態が続いていた。

がんが消滅していった過程を思いつくままに箇条書きにつづってみた。

こうして振り返ってみると、一つひとつの出来事が見事に関係を持って次につながっており、毎日が新しい気づきと発見の連続だった。気づいては意識が高まり、内部から変容し、またさらに深く気づいては変容する、という日々を送っていたことが分かった。

寺山個人のプロセス

誰しも生まれてこのかた、たくさんの経験の連続の中で生きており、からだにしみこんでいて、いざというときにそれが火事場の馬鹿力のごとく発揮されることがある。私の場合にはがんの治癒に役立った。過去に出くわした経験とつながったとき、「そうだったのか」と納得し、ただ「ありがとうございます」と感謝の言葉が湧いてきた。

このような行動は、自分の過去の体験が集大成した結果、導かれたことだったのだと気がついた。

このプロセスは、あくまでも寺山個人のものであり、人に強制するものでもない。誰しも皆過去を持っており、過去とのつながりの中で、新しい道ができてくる。自分の過去を敬う気持ちが無いならば、決して新しいものは生まれてはこないだろう。過去とつながり、受け入れることが、人生のすべてをうまく引っ張っていく鍵を持っていると確信している。

不思議にも病気になってはじめて、それまでの人生経験が、父母が子供の私にしてくれたたくさんの事柄と関連して思い出されてきた。

皆だれも、たくさんの思い出が血となり肉となり、からだに染みついて生きている。私は父母のことを思い出すたびに、なにかそれまで心の中に奥深く隠されていて気づかなかったことが、いくつも目の前に躍り出てきて私を助け、導いてくれた。そのたびに心からの感謝の念が湧いてくるのだった。

自分の根底にあるいくつかのことを思い出すままに列挙しよう。きっと参考になると思う。

1、生まれたばかりのときに、クラシック音楽への興味を持たせてくれた父。
2、幼少時から玄米を食べると良いということを教えてくれた母。
3、長い期間にわたって音楽教育を受けさせてくれた父母。
4、「感じる」ということの重要性を受け入れることができた素地は音楽の教育だった。
5、大学での物理の教育が、科学的なデータを取ることと、科学するという心を持たせてくれた。
6、生活習慣のバランスをとるときに、かつて半導体素子の製造過程で歩留まり向上を図るにあたり、科学のあらゆる分野の知識を集大成して行った経験が役立った。

7、しばしば訪れた禅寺での座禅の体験で、老師に「腑に落とす」ということを教えられた。
8、自ら経営することを実体験して、何事も最初にすべてを感じとることが必要だと思った。
9、小型オフィスコンピューターの販売で、顧客に対応したコンピューターのシステム作りと提案書をつくる中で養われた感性。
10、経営コンサルタントとして、顧客のもつデータを分析するという能力。
11、頭では感謝の気持ちを持ちながら、その感謝の「ありがとうございます」という言葉の持つ意味を、腑に落としていなかった自分の未熟さを感じたこと。

読者の中には、「私は科学は勉強しなかった」「禅寺には通ったことはない」などという人もあるだろう。しかし、これはあくまでも寺山個人の例である。ここでこれらを列挙した目的は、人それぞれの中にも、経験から得た自分の根底に流れるものが必ずあり、それを自分自身で思い出していただきたいからである。

忙しい毎日の生活の中で、手っ取り早く物事を進めていくうちに、それらが心の奥底でつながりをもたずに進んでいった結果が、がんという病気だった。その治癒過程で、生まれて初めて、誰にも邪魔されず静かな時間と空間の中で過ごし、朝には日の出を静かに眺めるという生活ができた。

この静かな時間を持って自分にもどるという体験が、その後のフィンドホーンでの瞑想体験を経て、毎日の生活の中に瞑想する習慣をもたらしてくれた。

人生を過ごす中で、たくさんの出来事がすべてつながってきて、腑に落ちてくることがある。さらに人生体験と科学とがつながりを持ったときに、初めて部分としての知識から、全体をとらえることのできる本物の智慧に変化し、意識の変容が起こるのだ。

本物の智慧とは―腑に落とす大切さ

自分の病気は自分で作ったのだということが本当に深く腑に落ちてくると、からだの中にあるものはすべてが自分自身であり、自分の一部分であるがんを手術して取り除いてしまうという今の治療法がどうもおかしいと思った。

私は右腎臓を摘出して、失ったものは二度と再生されないということをあらためて思い知らされた。さらには取りきれなかったがんを殺すために、抗がん剤や放射線治療を行い、がん細胞を殺していく方法で、たくさんの人たちが副作用で苦しみ、死んでいっている実情を見た。

あれほどひどくからだを痛めつけなくても治っていく方法が、きっとあるはずだと思っていた。そして、それが本当にあったのだ。

私の感じる力が高まってくると、少しずつ治っていくのが本当に感じられるようになった。自分が何か行動をしようとするとき、これは治る方向へ向かうのか、そうではないのかを感じることができ、日々適切な行動をとることができた。

その当時の私から見るとちょっと胡散《うさん》臭いと思われた方法の中には、古くから知られ、多くの人たちに愛されてきた家庭療法がたくさんあった（もちろん、胡散臭いものの中には本当に間違ったものもあるが）。自分でその方法をじっくりと試してみて本当に驚かされた。副作用が少なく治癒できるからだ。このような方法こそ、本物の神の療法と思える。

しかし、このような療法が、健康保険の対象にはなっていない、西洋医学と健康保険制度に矛盾を感じている。科学に基づく西洋医学はからだ全体を診る医学ではなく、部分だけを診ている医学であるということにも気づいた。副作用の少ない自然療法を、いつか世の中の表舞台に登場させていこうという信念を持つようになった。

知識教育を進める今の教育体制では、まったく「腑に落とす」余裕がないことから、「智慧の教育」をすることをほとんど重要視していない。

現在の教育は、実体験をさせる教育方法にほとんど重きを置かないために、人々は知識ばかりを追いかけ、智慧にはなっていかないのが実態である。

世の中には記憶力の良い人が優れているという思い込みがあり、知識のある人が重宝され、それらの人々は通常教えられたことだけを記憶して再現できることを良しとしている。感じることをせず腑に落としていないため、智慧に至らない状態で留まり、外からの情報だけで容易に動いてしまう傾向を持っている。多くの人々がそのような腑に落ちない状態でいることを思うと、智慧の医学を普及していくことはなかなか大変なことだと思った。

今ほとんどの人たちが、ばらばらな記憶を知識として毎日を生きているため、智慧とは程遠い生活を強いられている。

がんと診断された人の例を挙げてみよう。

頭の良い人たちが病院でがんだと診断されたとき、多くの人たちは、あわててたくさんの情報を得ようとさまざまな本で調べ、また時にはセカンドオピニオンを求めて走り回り、ほとんど腑に落ちない知識のまま科学で証明されていることを良しとする医師の助言を得て、結局は手術、抗がん剤、放射線治療という治療を受け、死んでいっているのが通常のパターンである。

現代の民主政治はどうだろう。智慧のある人たちの言葉は、時にはとても難解に思えることがある。知識のある人の言うことのほうが分かりやすいために、いかにも多数の意見を代弁しているかのように見える。知識人のリーダーは多数決という方法を取って物事を決定する。結果として、政治がどんどん悪い方向に向かうこともありうるのである。

私の体験では少数意見の中にこそ、本当に世の中を変えていく真実が含まれていることがあると思う。

ポイントは、そのことを自分で見抜く力があるかどうかだ。

がんに愛を送ってがんが治っていった人たちが、だんだんと増えてきている。しかし西洋医学の病院のカルテにはのこらない。まさに少数派である。だが真実である。

がんになった人に心から伝えたいことがある。

それは、

「がんになっても医者まかせにせず、自分で治す道を歩んでいくことは、あなたの意識が変容するとても素晴らしい機会ですよ」
「人の意識の変容は、無条件の愛を感じて人に愛を送ることからはじまります」
「人間には、常にからだを治そうとして働いている自然治癒力があるので、どうか治っていくということを感じてください」
「この自然治癒力が生かされるようにしてあげて、もっと素直になり、無邪気になって、治っていくことを感じてください」
「がんに愛を送るという行為を通じて、無条件の愛のエネルギーを、心から感じてくださ い」

そして、本を読んで頭に入れるというような、知識ばかりを追いかけることをせず、しっかりとその知識を腑に落とすことが智慧になっていくということに気がついてほしい。

現代の大馬鹿者は、頭にたくさん知識を詰め込んで、腑に落とすことができないでいる人たちであり、本当の智慧に気づかないで毎日を送っている知識人じゃないかと思う。

がんになる人たちが毎年増加の一途を辿っている。がんの治療で苦しんで死亡する人たちも増え続けている。

統計によると、全死亡者の三分の一の人が、がんが原因で亡くなっているという。

腑に落とすには、静かになって他人から邪魔されない時間を持ち、自分の中にある自分自身、ある人は「内なる神」と表現しているものと出会う時間を、毎日持つことである。

邪魔されない時間を持つということに関しては思想家の安岡正篤が、優れた経営者になる条件として三つのことを取り上げ、「倒産の経験を持つこと、大病の経験を持つこと、そして入獄の体験を持つことである」と述べている。

フィンドホーンの創設者の一人であるアイリーン・キャディさんは、『心の扉を開く――聖なる日々の言葉――』（日本教文社）の中で、「いかに自分の周りが混乱していても、心をまず、静かにさせてください。あなたの心の中にはすべてがあります。静かにあなたの心の扉を開き、答えを求めてください。そうすれば答えは必ず見つかります」と書いている。

私はがんに愛を送ることで、だんだんと、しかも確実に、副作用が無くがんが消滅していった体験をしたということを再び強調して、この章を終えたい。

私はいま世界各地を旅して、がんの人たちのために講演やワークショップを行っている。

がんになり、自らそれを解決していこうとする中で、フィンドホーンから招かれるきっかけに出会った。

そしていろいろな健康方法を求めていく中で、たくさんの智慧ある人々に出会い、気づいていった。その気づきは、自分の智慧を深める旅になっていった。

エピローグ

今（二〇〇六年六月）スコットランドのフィンドホーンに滞在している。「体験週間」を終了したあと、皆と別れて忙しいスケジュールからようやく静かな気持ちになり、自分自身を取り戻したところで、ユニバーサルホールの中にあるグリーンカフェにすわっている。がんがこのフィンドホーンで治っていった一九八八年十一月までの三年半のことを思い出しながら、このエピローグを書き始めた。

この本を書き始めてから、すでに三年もの月日が過ぎてしまった。

本を書くきっかけは、がんが少しずつ癒され治っていった過程を、もっと深く突っ込んでそのときの自分が感じたことを思い出しながら詳しく書いてみれば、きっとがんで苦しむ人たちや、自分が主体性を持って自らのがんを癒そうとしている人々や家族にとって、参考になり役に立つと思ったからだ。さらには意識の面まで詳細を深く書き記した私の体験を読むことで、とりあえず安心して自分を取り戻し、がんは自分が作ったものであり、自分が中心になって意識の持ち方や生活習慣を変えていけば、治っていく可能性もあることを知ってもらえると思った。私自身も書き記すことで、またもっと自分を客観的に眺めることができるようになると考えた。

病院で医師から診断の結果、がんと宣告されて、説明された治療法を前にして、気もそぞろで右往左往しているとき、がんが自然に癒されていった治癒の過程が書かれたものを読むことは、とても心強いのではないかと思った。

科学を駆使した今の医学は、遺伝子研究や科学的データの蓄積をベースにした治療方法、測定技術には、すぐれた側面を持つが、あまりにも局所的で部分的であるために、がんの治療法がいまだに手術、抗がん剤、放射線治療という部分的に「殺す・たたく」ことを主体とする治療体系のままである。

二〇回目のフィンドホーンへ

このたびのフィンドホーンの訪問は、信州にある女神山ライフセンターが主催したツアーに同行したものだった。フィンドホーンを知るための入門コースである「体験週間」に久しぶりに参加した。私にとっては二〇回目で、初めて訪問してから一八年の月日が流れた。

がんが癒されていったすべての過程をもう一度はっきりと思い出し、この地で再びはじめて訪れてみたときの体験を振り返ってみようという気持ちになっていた。

実は日本を出発する二カ月前に、バイク事故で左手の指と右の足首やひざなどの合計五カ所の骨折をした。足首はいまだ痛みがうずき、左手の指は骨折でチェロを弾けるような状態ではなかったが、フィンドホーンへ行く決断をした。

うれしさと心配が混在する中で、痛む足や指をかばうため、携行する荷物の重量をできるだけ減らしたものの、私の大切なチェロだけは、治癒効果があり副作用が無いことが実証済みなので、必ず持って行こうと決めていた。

フィンドホーンに滞在している間も、東京でおこなっていたのと同じように動く右手で弓を持ち、動かない左手にチェロの音を響かせるという不思議な癒しの練習をしようと思ったからだ。私にはこの旅行中に指が確実に良くなり、チェロをまた弾くことができるようになるという自信は少しもなかったが、フィンドホーンに行くことで何かが起こるかもしれないという期待はあった。

事故の詳細については後で述べることにしよう。ともかくまた新しい実験に挑戦したかった。意欲がからだいっぱいに満ち、何かくすぐるような快感が全身に走り、顔には微笑みが浮んだ。

ロンドンまで約一二時間、そしてロンドンで乗り継ぎアバディーンまで二時間弱、久しぶりにフィンドホーンへ行けると思うと、飛行機に乗っているときからとてもうれしかった。

飛行機がアバディーン空港に到着すると、フィンドホーンに向うチャーターバスに皆で乗り込んだ。私は最前部に座り、バスの中から夕日が沈みつつあるのをぼんやりと眺めていた。だんだんとフィンドホーンに近づき、一九六二年にフィンドホーンがスタートしたパークと呼ばれるところが見えるようになったときだった。今年になって四本に増えたという風力発電用の風車が遠くに見え、その風車の頭上付近に沈み行く太陽から、美しい火柱が立ちのぼっているのが見えた。

私は早速眠りこけていた人たちを起こして、この神秘的な光景を皆で眺めた。大急ぎでカメラを取り出して火柱に向けて写真を撮る人もいれば、中には夕日に手を合わせて祈り始める人もいた。ほんの短い時間だった。

とても神々しい日の入りを体験することができた。

私はすでに旅の初めから、火柱に出くわすことで歓迎されているエネルギーを感じた。

バスはやがてフォレスの町に入り、その日だけ宿泊するフィンドホーンの外郭団体の施設であるニューボールド・ハウスに到着した。

すでに建てられてから一〇〇年以上も経つという、古めかしいが豪華なつくりのニューボールド・ハウスの中に入るなり、すでに何か不思議なエネルギーを感じた。私と同じように感じていた人もいた。われわれのグループは最初からとても和やかな雰囲気で、その夜は疲れていたにもかかわらず、フィンドホーンに来たことに興奮して、ほとんどの人が夜遅くまで語り合っていた。

翌日の金曜日、皆の顔からは長旅の疲れが消えていたように見えた。朝食のあと玄関を出るとシャクナゲの大輪の花が色鮮やかに美しく咲き誇っていた。美しい花に囲まれた小道を通り、ワークショップが行われるクルーニーヒル・カレッジに向かった。

丘に続く懐かしい坂道を登りきり、やがてクルーニーヒル・カレッジが見え始めた。あたりは新緑が映え、新鮮で神聖な空気が漂っているように感じた。

定刻の九時一五分の少し前に到着した。クルーニーヒル・カレッジの玄関から、今回のフォーカライザーである旧知のジュディス・ボーンさんが突然手を上げて笑みをたたえながら現れて、驚く私たち一行を出迎えてくれた。

私は一瞬何が起こったのかと目を大きく開いてみた。ジュディスのうしろからなんとイーネカが現れたではないか。今回のフォーカライザーはジュディスとイーネカの二人が担当してくれるということを知り、私は本当に驚いた。

イーネカは、私がはじめてフィンドホーンを訪れた一九八八年十月に体験週間を受けたとき、フォーカライザーの一人だった。

ジュディスは私を特に驚かそうという気持ちだったと、後で語ってくれた。私が参加するということで、特別に人員配置を組んだとのことだった。
ジュディスの温かい行為に、私は胸がいっぱいになった。

イーネカは私にとってフィンドホーンの恩人の一人だった。はじめての体験週間で私はイーネカの愛情あふれるサポートで救われたからだ。

私ががん患者であり、英語を話すことに堪能でないばかりか、なかなか人の話す英語が聞き取れないのを見て、彼女はゆっくりした英語で話してくれて、分からないと「もう一度言ってください」と、泣き叫ぶような声を出していったときにも、いやな顔をせず何度も同じことを繰り返して言ってくれて、分かるまで説明してくれた。

まだ体調が完全ではなかった私は、ワークショップの最中よく疲れてしまい、担当した仕事ができないこともあった。そんなときには本当に親身になって細かな点に気づいてくれ、私に部屋で休養を取るようにいってくれ、「どうぞ自分のペースで仕事をしてください」とこまめに助けてくれた。

日本人が一人もいなかったこのフィンドホーンに来て、英語が十分に聞き取りにくくて心細かったこともあり、イーネカのとても深い心遣いを感じていた。

イーネカの姿を見たとたん、懐かしい思い出が湧き上がり、私は驚きと懐かしさが交錯した気持ちになって合い寄り、深いハグをした。

参加者の一部は、たとえフィンドホーンの名物だと聞いてはいても、はじめてみるこの光景にただ目を見張って驚きの表情を顔に現して、ハグする姿に見入っていたようだった。当然だろう。日本人にはなじみの薄い行為に出会ったのだ。私もはじめてフィンドホーンに来たとき体験して驚いたのが、このハグだった。

何か胸の中から突き上げるような温かい想いとともに当時の記憶がよみがえり、深い感謝の気持ちがこみ上げてきた。


彼女とは、フィンドホーンを訪問するたびに良く顔を合わせていたが、突如私の前から消えてしまった。フィンドホーンの人に聞いたところでは、エレード島に行ってしまったとのことだった。

もう二度と会えないかもしれないという気持ちになり、心の中にぽっかりと穴が開いたような寂しさを交えた虚しさを感じていた。

そのイーネカがフィンドホーンに戻ってきていたのだった。

もう会うことができないと思っていた人に会えた。このことは大きな感動と驚きを私にもたらしてくれた。懐かしい人に出会えて、本当にとてもうれしかった。

イーネカに尋ねてみたら、エレード島を去ってから、スペインの各地を訪れて、数年間いろいろと仕事をしたあとで、二年ほど前から再びフィンドホーンに戻ってきたとのことだった。そして名前を以前のイーネックからイーネカに変えていた。

まずこの日は、クルーニーヒル・カレッジの案内から始まった。二つのグループに分かれて、一つのグループがクルーニーヒル・カレッジのツアーをしているときに、私は片方のグループを引き連れてクルーニーヒル・カレッジの中にあるチャクラガーデンと呼ばれているところを案内した。ここには七つの小さな庭が作られており、それぞれにチャクラの名前がつけられている。私が一九八五年三月に病院から戻って、自宅の屋上で毎朝日の出を見ながら呼吸をしてチャクラの存在に気づいていったことを皆に語りながら、第一のチャクラから一つずつ上のチャクラに上がって、最後には七つ目のチャクラにいくように設計されている庭を案内した。

フィンドホーンで饗されているベジタリアンの昼食はバイキングシステムで、新鮮でエネルギーの感じられる有機野菜が豊富だ。おいしい野菜スープとともに昔を思い出した。

土曜日の午前にワークショップのレジストレーション（登録）をして、部屋割りが発表されると、私に四二号室が与えられていたそのときの驚きといったらなかった。

一九八八年に私が泊まった部屋と同じだったからであった。四二という数字から、私は語呂合わせで、フィンドホーンに『死に』に来たと思った部屋だった。不思議にもそれ以来この部屋を、一度も割り当てられたことがなかった。

いよいよ体験週間が始まった。午後はクルーニーヒル・カレッジのビーチツリー・ルームに集まって、自己紹介をすることから始まった。それは当時から全く変わっていない。一九八八年のときと大きく違ったのが、英語の熟達した通訳として、渡辺雅子さんが日本から参加し、フォーカライザーの言葉はすべて日本語に通訳されて進められたことである。皆が英語に少しも心配しなくて良いので、日本にいるような気持ちで一人ひとりが、フィンドホーンにくることができた思いを込めて、思いつくままに自分を語った。

私がはじめて参加したときには、英語でなんと言おうかと考えると、自分の番が来ることを恐れて、他人の言うことを聴く余裕がなかった。また難しい英語が聞き取れなかったため、他の人の自己紹介を理解することができなかった。

今回の参加者の中に、外見からは分からなかったが、がんの患者がいた。自己紹介のとき素直に自分のことを語ろうとして、なかなか苦労をしていたのがとても印象に残った。彼女の話す言葉を聞きながら、私が一九八八年に初めて体験週間に参加したとき、私ががん患者であることを素直になって述べようとして、どれほど躊躇《ちゅうちょ》したかを思い浮かべていた。

グループの皆はすでに大変打ち解けていた。これが日本人だけでまとまってくる長所なのであろうと思った。

私はその状況を眺めながらとてもうれしくて、一人でニコニコしていた。

この体験週間の中で、特に思い出に残ったことを述べておこう。

夜のレクチャーの講師は、ファビアン・バローシュさんが担当した。ファビアンは奥さんのバーバラ・スウェティーナさんとともに何度も来日して、私とは特に親しい間柄だったからだ。私とファビアンのつき合いを考慮してくれたジュディスの気配りと温かい心を痛いほど感じた。三年ぶりに顔を合わせ、懐かしさが込み上げ、親愛の情を込めたハグをした。ファビアンはその夜、自然との対話というテーマで、フィンドホーンの創設者の一人ドロシー・マクレーンさんの世界を見事に説明してくれた。

さらにジュディスはフィンドホーンの活動についてのレクチャーに、日本人でフィンドホーンのメンバーとなって働いている直美さんと香織さんの二人を講師に選び、会わせてくれた。しかもそのとき、直美さんのお母さんとお姉さんがフィンドホーンを訪問中で、その二人も一緒になってフィンドホーンを語ってくれた。

体験週間では、毎日の「行動する愛」のプログラムとして、午前中はコミュニティのどこかの場所で働くことになっている。私は一八年前と同じ作業と同じパークのホームケアで働くことを選んだ。なにかとても懐かしかった。メイン・サンクチュアリとネイチュア・サンクチュアリを担当し、私一人に任されたその場所を、心おきなく愛を送りながら作業をおこなった。

愛を込める作業は、はじめて私ががんに愛を送って毎日を過ごしたことや、バイク事故で痛めた部分に愛を送ったことと全く同じ行為だと感じた。特に創設者の一人であるアイリーン・キャディさんが長年瞑想のときに必ず座っていた椅子のところを掃除するときには、病気中のアイリーンを思い浮かべ、自分が今生きていることへの感謝の涙が出てきて止まらなかった。

そしてよくぞ今回も偶然が重なって、フィンドホーンにくることができたと感謝した。

いろいろなことが起こった体験週間の最後の日を迎えた。

一人ひとりが感想を述べ合った。参加者のほとんどが目に涙を浮かべていた。特に、参加していたがんの患者の人は、心が完全に開いてしまったのだろう。感動のあまり大声を上げて泣いていたのを見たとき、これでいいのだと思った。きっと良くなっていく道を見つけていくだろう。あるいは、帰国したら私と同じに治っているかもしれない。それほど本人は素晴らしいエネルギーに満ちてきていた。

体験週間が終わった。

それにしても、骨折した状態で、チェロを持参してフィンドホーンまで来ることができたことを考えると、改めてとてもうれしさが込み上げてきた。

さて、この本はフィンドホーンの体験週間の詳細を書くことが目的ではない。興味のある人は、『フィンドホーンへのいざない』（サンマーク出版）の本に書き記してあるので、読んで欲しい。

この一八年の間に、なんとフィンドホーンがこんなにも日本人にとって近い存在となってくれたのだろう。そう思うと、胸にこみ上げてくる熱い思いを感じた。

そして終了後に、私は旧知のイアンとロージー・ターンブルさんのB＆B（宿）に移り、自分のペースを取り戻そうとした。

バイク事故で五カ所を骨折

なぜ私が骨折をし、完治していない状態でフィンドホーンに出発したのか。バイク事故とその意味することについて書いておこう。

日本を出発するちょうど二カ月前の四月八日、土曜日の夜だった。久美子と私はお互いに忙しい時間を合わせて、自宅で久しぶりに夕食をとった。食事のあとで久美子に、数日前にこの世を去ったがんの患者と私との交流の話をして、その人の生きざまを偲《しの》んだ。

食事のあとで私はバイクを運転して、翌日に控えた日本波動医学協会の講演原稿をチェックしておくことと、チェロの練習をするために私のオフィスに向かった。

バイクが交差点に差し掛かったとき、途中で黄色信号が見えたので、一時停車をしようとしてブレーキをかけた。前車輪のみにブレーキが効き、後部の車輪がうまく効かなかったためだろうか、後輪のみが動いてバイクが横転し、私は突然投げ出された。

自分のからだが宙に浮いた。
すべてが静止したように感じた。
すべての記憶が消えてしまったように感じた。
その瞬間が永遠のごとく続いているようだった。
静かな静寂が続いた。

いったい何が起こったのだろう。
亡くなった人が何かを知らせに、お礼に来てくれたのを感じた。
私にはその『何か』が何であるのかが、瞬間に分かった。

頬っぺたがすりむけ、血が出始めた。
眼鏡が顔から外れて、地面に飛んでいた。
ヘルメットが大きくずれていた。
大きな傷は無いなと瞬間にして感じた。
痛みは何も感じられなかった。
自分のからだから魂が飛び出しているように感じた。
はじめて体験するふしぎな感覚だった。

神が何かを私に伝えにきてくれているような感覚だった。
静かな、とても静かな状態だった。

バイクを横転させた自分が、道路に転がっているのを眺めていた。
自分の脇を、たくさんの車がよけて通過していった。

そして自分のからだに戻った。

我に返った。

気がついたとき、私は道路にバイクと一緒に転がっていた。

「シマッタ」と瞬間感じた。

これで全てのスケジュールがだめになるという思いが急に頭をよぎった。バイクのほうにからだを向けて立ち上がろうとしたら、強烈な痛みが襲ってきた。歩くことが容易でないことが分かった。道路の脇にバイクを動かそうとしてみたが、手足に力が入らず、転倒したバイクを起こすこともできず、そのまま道路の端に座り込んだ。

ようやく決断して、勇気を出して立ち上がり、バイクに乗り、オフィスに向かった。

部屋に入り、からだを明るい電気の下に照らして調べてみた。特に痛む部分は、右脚のくるぶしだった。靴下を脱いでみると、すでに腫《は》れてきていた。まず一番痛む足首に意識の焦点を当てた。

バスルームに行き洗面器に足を入れて、足首に向けて冷たい水を流し始めた。

水を足首に流しながら、痛みの激しい部分に愛を送ってみた。少しずつ痛みが減少してくるのが分かった。愛を送るということはすごいと思った。

やがて手の指や肋骨の下部に痛みが襲ってきた。さらに意識を集中して息を吐きながら愛を送ってみると、だんだんと耐えられる痛みになっていった。この愛を送るということは、昔のことを「もう一度自分で試しなさい」といわれているようだった。

たびたび襲ってくる痛みと同居しながら一夜があけた。

朝起きてみると、左手が腫れ、左人指し指が奇妙に外側に向けて曲がって、指が自由に動かない状態になっていた。このままではとてもチェロは弾けないと判断した。

シャワーを浴びるにも、痛みで着ていた衣類を脱ぐことが困難だったが、ようやく裸になり、塩を用いてシャワーでからだを清めた。洋服を着ようとしたが、左手の指が効かず、ボタンをうまくはめることができなかった。


その日の日本波動医学協会のフォーラムは、私の開会の講演で始まった。舞台に上がってまず私はバイク事故の事情を話して、チェロを弾くことができなくなったことを謝った。聴衆は私の生演奏を聴けなくても、私が演奏したチェロのCDとともに講演を熱心に聴いてくれた。私は講演をキャンセルしなくて良かったと思った。

自分の講演が終わってからも、夕方まで他の人の講演を聴いた。途中で痛みが何度も襲ってきて、気を失いそうになったことが度々あったが、その度ごとに愛を送り続けて痛みを減少させることができた。

全ての講演が終了したあとに、夕方から懇親会が開かれた。その懇親会にも出席して、パーティーの最中も立ち続けて皆に挨拶をし、痛みに愛を送りながら、最後まで理事としての私の務めを続けた。

頑張り続けることができたのは、試されているという自覚が常にあったからだった。

オフィスにもどり、はじめて久美子に相談し、整形外科医の息子の星《せい》に電話した。月曜日は自分が外来に出ている日なので、自分の病院にきて欲しいという。久美子に再び電話をして、遅くなっていたのでオフィスに泊まることにした。

痛みと一緒に過ごす夜が昨夜に続き、朝を迎えた。

朝早く起きて塩をたっぷりとからだにふりかけ、シャワーを浴びて身を清め、痛む指には愛を送り、星の診断と治療とを受けるために、渋谷の医療センターに出かけた。

星は診察で私の傷を見るなり、「派手にやっちゃったね」と言いながら痛むところを確認し、必要な箇所のレントゲン写真を撮《と》ってくれた。

結果は、左手の第一指の指節間関節、第二指の関節内メタカルパル・ファリンジャル骨折、右くるぶしの外側外果骨折と内側三角靭帯損傷、右肋骨の一番下の十二番が一本骨折、右ひざの骨折という診断だった。

ギプスをつけてしまうと、三週間は動かせないし、そのあとで数カ月間のリハビリが必要になるので、フィンドホーンには行けなくなるとのこと。不安定になっている人差し指と親指は絆創膏で止めて、取り外しの容易な簡単なギプスを作って包帯で巻き、足は湿布をして包帯を巻きバンドをつけて固定し、その他の部位は様子を見ようということだった。鎮痛剤を与えることはしなかった。

星はその夜遅くなって仕事が終わってから、家に立ち寄ってくれて、昼間の診察のときに病院で処置できなかったことをいろいろと処置して帰っていった。

しかし、以後私は西洋医学の病院には一切行かず、近くにある日本の伝統的な接骨院に毎日のように通った。

そこでの治療方法は、まず包帯をはずして患部に電気を流し、そのあとに手でさすったあとは、患部を冷やすためのパップ剤を貼り、その上から包帯で巻く。毎日その処置を繰り返すだけだったが、どんどんよくなっていった。接骨師は日本の伝統的な名倉という接骨治療法を行なう、日本の治療家として唯一人の大学教授である、帝京平成大学の池添祐彬先生であった。

お蔭でその後の毎週土、日曜日に入っていた講演の予定も、すべてキャンセルをしないでおこなうことができた。

このバイク事故によって、痛むところに愛を送ることで傷みが減少することを再実験させられた。もう一度自分で体験することを神が与えてくれたのであろうと感じた。

もう一つの治療方法は毎日チェロを弾いたことだった。左手の指が使えなかったので、右手の弓だけでチェロを弾いた。この方法こそ、宮沢賢治の「セロ弾きのゴーシュ」の中に書かれているとおり、チェロの音が骨折した部分の治ることを早めてくれるかもしれないと感じた。

とても変わった練習を毎日続けた。チェロを両膝にはさんで、右手だけで弾くという方法は意外と面白かった。チェロは毎日部屋中に良く響きわたり、骨に心地よく響いたからだ。

結果は、七十歳という年からは考えられないくらいに早く治り始めた。チェロの癒す力を再体験して証明する良い実験になった。

骨折が完全に治っていなくてチェロを弾くことができないのに、私は二カ月にわたるフィンドホーンからアメリカをめぐる世界を一周する海外旅行に、チェロを持っていくことにした。

これからの旅に向けて

振り返って見て、今回のフィンドホーン訪問は、患部に愛を送るということの素晴らしさを再体験させられる機会になった。それは人間のからだが一瞬一瞬治そうとして努力しているのを、あらためて気づかせてくれることでもあった。

六月二十日はバーバラ・スウェティーナさんの誕生日である。夜にはバーバラの誕生パーティーがコミュニティー・センターで開かれるので、バーバラのためにチェロを弾くことになった。エルガーの「愛の挨拶」を弾こうと思っている。手の指が何とか弾けるようになってきているのを感じている。右足首の具合も痛みがかなり減ってきて、大きく改善している。よく私がフィンドホーン効果と講演で話していることが、現実に起こっているのを感じている。

二十一日にはフィンドホーンを出発して、米国コロラドのデンバーに向かい、ボールダーで開催される国際サトルエネルギーとエネルギー医学学会（ＩＳＳＳＥＥＭ）に参加する。新しく会長となったクリスティーン・ペイジ博士から、この学会でも、チェロをぜひ弾いて欲しいとのメールをもらっているので、この指の回復状態なら、おそらく弾くことができるだろう。

その学会のあとには、サンフランシスコ空港から車で六時間ほど北のシャスタ山のふもとで、愛と癒しのワークショップを行なう計画がある。シャスタ山は世界七大霊山として知られ、標高は四、三一七メートルで富士山より高く、エネルギーの高いことで知られている。この場所で少ない人数を対象に、本物の愛のエネルギーを感じて、自らを愛し、他の人を本当に愛せるようになり癒されていくワークショップである。このワークショップは、世界各地で行なってきているがんの患者向けのワークショップを更に煮詰めた内容だ。

そのあとにまだある。カナダのバンクーバーに向かい、日本人の人たちに講演をした後に、アンドルー・ワイル博士の待つコルテス島に行き、ワイル博士の家に泊めてもらい、最先端のがんの癒しの話題を語り合うことになっている。すでに二〇〇五年から、アメリカでもがんが原因で死ぬ人が心臓疾患、脳疾患を越えて第一位になってきているとのこと。カナダでも数年前から同じとのことだ。

そのあと、ワイル博士の家の隣にある、といっても三マイル以上は離れているハリホックに行き、長年の友人である英国のルパート・シェルドレイク博士のワークショップと、奥さんのジル・パースさんのワークショップを受講することにしている。ジルのワークショップは倍音（オーバートーン）を主としたヒーリングボイスがテーマである。

私はこのハリホックに一九九三年に初めて訪れ、二〇〇四年には、主にがんの患者を対象とした六日間の愛と癒しのワークショップをおこなった。

八月四日に二カ月間の旅を終えて帰国するスケジュールになっている。

私はいつも朝起きてから、「太陽さん、私を生かしていただいて感謝します。今日もまだ私は生きています」と宇宙に向かって唱えている。がんになってから、宇宙が次々にたくさんの贈り物を私に与え続けているように感じている。宇宙を天と言い、天を神と言い換えてよいだろう。私は宇宙からの贈り物を素直に受け止めて、直感にしたがって決断し、行動を起こしてきた。がんが私にくれた贈り物だと思う。これらのことは、次の本で書くことにしよう。

＊

＊

【あとがきとして】

この本を書き終わるにあたって、まず私は家内の久美子に深く感謝したい。死ぬかもしれないような弱ったからだの状態のときから、この本ができるまでの二〇年以上もの長い間、絶やさず愛を送り続けて励ましてくれた。さぞかし可能性の無い生命のことで、毎日心を痛めたことであろう。家庭の出費については、がんになってから特に私がお金の心配をすることもなく、私の好きなように毎日の人生を送るようにさせてくれた。もちろん私自身でも最大限の節約をすることは試みたが、収入がないことはどうにもならなかった。久美子が生活するお金の心配を私がしないように気を配ってくれたおかげで、私は心にストレスを感じないで毎日の生活を精いっぱい楽しく過ごすことができた。これこそ、がんが自然に消滅していった一番大きな要因であると私は思うからだ。

次に私のがんが自然治癒したという事実を心から認め、一九八九年から私との縁を大切にしてくれ、このたびの出版に当たって私への賛辞と激励とともに読者へのことばを寄せてくれたアンドルー・ワイル博士への感謝である。

また日本教文社の編集部の渡辺浩充さんは、私が自分のがんから治っていくことで、私が自分のプライバシーを書くという気持ちが熟するまで、一〇年以上もじっと待ってくれたことである。そして現実に一切催促をせずに待ってくれた。ありがたいことである。

そしていざこの本を書き進めていく中で、私が過去の手帳を見ながら記録をたどっていくのを脇に座って聞き役となり、古い記憶を思い起こすのを助けてくれた金田一寛士さん、できあがった文章に目を通して読みやすいように直してくれた秋本育明さんのおかげで現実に完成できたことに、心からの感謝を申し上げたい。

最後に、この本に興味をもち、終わりまで読んでくださった読者の方々とのご縁に感謝する。

東京にて

二〇〇六年九月七日

『がんが消えた』出版10年後のあとがき

この本が出版されて一〇年が経過した。いまもまだ読んでくださる方々がいることに、心から「ありがとうございます」の感謝の気持ちでいっぱいである。

この一〇年を振り返ってみると、がんの治療方法について、人々の意識が変りはじめているように見える。治る事実を知ることによって、自分でもできる、と自分で治すことに挑む人々が、着実に増えてきている。

がんになった人たちが、自然治癒力を高める様々な方法で治っている事実がある。そして、医療の専門家が、これはがんに限ったことではないだろうが、科学をベースにする西洋医学一辺倒の治療の手段や方法に警鐘をならし、医療や治療における真実を発信しはじめている。

また、がんと診断され、病院での治療を選ばずに、がんが治癒した人が世界中にたくさんいることを書いた本も出た。日本においても休験を本に書き、がんの人たちに自分の体験を語り、治っていく道を伝える活動をしている人々や、グループがいくつもできている。

独自の方法や精神でそれぞれが進展していることを、私はとても嬉しく思う。

がんが治癒した人たちの治る方法は、一〇〇人いれば、一〇〇通りの答えが返ってくるだろう。がんになった原因、がんを増大させてしまう方法が、皆それぞれ違うからだ。

しかし、治るための共通点は導きだせるであろう。悪い生活習慣を改めることや、がんになった原因は自分にあることを認め、受け入れた結果、意識を高め、自然治癒力を高めることができる。がんを自分で治した人たちの共通項に多くあることだと思う。

私は何か治療ができるわけではない。しかし、がんから治った体験を通して私が学んだことには、たくさんの真理が含まれているので、聞かれれば、自分で気づいていくにはどうしたらよいか、真剣に一緒に考えることにしている。そして、お伝えする。

「がんは治る病気ですよ。おめでとうございます。がんは本当に治りますよ」

「あなたは、がんを自分で作った天才ですよ」

「どういう方法で作られたのですか?」

「がんはあなたが作った子供のようなものです。深く愛してあげてくださいね」

「人間には寿命があります。精いっぱい今を生きてくださいね」

「意識を高めていくと、私の言う意味がよくわかりますよ」

私はワークショップで、早朝のワークをおこなうことが多い。

空に星が輝く日の出の一時間前、まだ真っ暗な時間に宿舎を出て、準備体操をしたあとに空気を胸いっぱいに吸って味わい、歩きはじめる。

日の出の約四〇分前、樹木や雑草が一斉に酸素を出し始めると、木々に眠っている小鳥たちが、夏には蝉が、酸素を感じて一斉に鳴き出すと、参加者のなかには感動して一緒に泣きだした人もいる。

私は病気から回復したときに実行したことを、皆さんに伝えている。

誰の体の中にも自然治癒力という医者が住んでいることを感じること。自らの内にある本当の自分を感じるためには、雑念を払い、頭を空・無の状態にすることである。地に足をつけ、日の出のときに深く呼吸することである。そして、すべてを腑に落とすことができたと思ったら、人の意識は変わっているのである。

今の医学・医療は、がんを悪者にして手術で摘出し、抗がん剤や放射線で殺し、たたくなど、がんを悪者として敵視する方法であり、がんと闘う精神である。私が行った方法は、がんに愛を送ったという愛病の精神であり、自然治癒力を生かして治る方法である。

人間は成長していくと、自分の奥底まで深く気づいていくことの大切さが、さらに分るようになる。

今、生きているという感覚は、今、この宇宙に生かされているのだと感じることができるようになる。そのとき、今を感謝の気持ちで過ごす、愛ある智慧者に成長している自分を発見できるだろう。

私ががんになって三三年が経過した。

医師の予想に反して再発もしていない。

さらに、がんになる前よりも元気に生きている。


私は、今年八〇歳になった。

今回、書籍の重版に際して、電子書籍も並行して出版してくれるという。私の本をどこに住んでいても入手できるようになるのは、嬉しいことだ。

がんと告知されて頭の中が真っ白になっている人も、がんが治った事実に触れることで、希望を見出してくれるかもしれない。さらに、がんは治るという自信になるなら、こんなに嬉しいことはない。

私の体験であるこの本を出版し続けている日本教文社と、編集の渡辺浩充さんに、心から感謝を申し上げる。

愛　心

二〇一六年三月

◆著者紹介

寺山 心一翁（てらやま・しんいちろう）

一九三六年東京生れ。一九六〇年早稲田大学第一理工学部電気工学科卒業、その後、東芝入社、半導体素子の研究、開発、試作に従事。一九八〇年寺山コンサルタンツオフィスを設立。

一九八四年に右腎臓がんとなり、手術、抗がん剤、放射線治療という現代医学による治療にもかかわらず、がんが右肺など他部位へ転移し、末期と診断されたのを機会に、自宅で死を迎えるために退院。やがてがんに愛を送り、深い気づきを得て、副作用のない様々な代替療法を自分のからだに調和をはかりながら統合的に取り入れ、やがてがんは自然治癒していった。二〇〇六年（有）超越意識研究所を設立代表、二〇一〇年（有）寺山心一翁オフィスに社名を変更し、現在に至る。

ホリスティック経営コンサルタント（一九八一〜）、日本ホリスティック医学協会常任理事（一九八七〜一九九五）、フィンドホーン財団フェロー（一九八八〜）、日本ウェラー・ザン・ウェル学会副理事長（二〇〇六〜）、ＩＳＳＳＥＥＭ（http://issseem.org/）前ボードメンバー（二〇一〇〜二〇一三）、ＮＰＯ法人日本アニマルセラピー協会評議員などを歴任。

●ホームページ＝ http://www.shin-terayama.jp/

がんが消《き》えた――ある自然《しぜん》治癒《ちゆ》の記録《きろく》――

二〇〇六年一〇月二〇日　初版第一刷発行
二〇二二年 六 月 五 日　初版第一一刷発行

著者……寺山《てらやま》　心一翁《しんいちろう》　〈検印省略〉

発行者……西尾慎也
発行所……株式会社　日本教文社
東京都港区赤坂九―六―四四　〒一〇七―八六七四
電話　〇三(三四〇一)九一一一(代表)　〇三(三四〇一)九一一四(編集)
FAX　〇三(三四〇一)九一一八(編集)　〇三(三四〇一)九一三九(営業)
振替　〇〇一四〇―四―五五五一九
https://www.kyobunsha.co.jp/

印刷・製本……東港出版印刷株式会社

ISBN978-4-531-06403-8　Printed in Japan